समालोचकों की राय

"यह एक आकर्षक किताब है.... अपने पाठकों को दिलचस्पी से बताती है कि वर्तमान में जीते हुए कैसे भविष्य को बदला जाए। पुस्तक संग्रह में शामिल करने योग्य है।"

-लाइब्रेरी जर्नल

"*ज़ेन और प्रसन्न रहने की कला* की उन सभी के लिए बहुत उत्साह और मैत्रीपूर्ण ढंग से सिफ़ारिश की जा सकती है जो अपनी आध्यात्मिकता में वृद्धि करना चाहते हैं, जीवन के तनाव से निपटना चाहते हैं और अपना शारीरिक, भावनात्मक व आध्यात्मिक कल्याण चाहते हैं।"

-मिडवेस्ट बुक रिव्यू

"किताब के कवर पर नज़र आता बड़े पेट वाला, विलक्षण लॉफ़िंग बुद्धा सब कुछ बयां कर देता है। लेखक इस बात को नहीं मानता कि प्रसन्नता फ़ैशन पत्रिकाओं वाली मॉडल्स की तरह एक ही आकार पर निर्भर होती है। ना ही यह आदर्श साथी पाने की तरह होती है या इलेक्ट्रॉनिक्स गैजेट्स से घर को भर लेने में या फिर किसी गुरु के साथ ध्यान में रमने में होती है...."

"यह किताब एक दीर्घ-कालिक गूढ़ कहावत को प्रतिबिंबित करती है: अपना यथार्थ हम स्वयं सृजित करते हैं। हमारी निजी ऊर्जा, जानकारी, संवादशीलता एवं अंर्तदृष्टि ही है जो इस काम को दूसरों से अलग करती है। लेखक ने पूर्वी और पश्चिमी दर्शन, आधुनिक विज्ञान, निजी दर्शन और कुछ मौक़ों पर विपत्तिकारक स्थितियों को निकालकर प्रस्तुत किया है, उनका अनुभव देकर बताया है कि परिस्थितियों में विश्वास बनाए रखना क्यों हमें फ़ायदा पहुंचाएगा और आख़िरकार यही विश्वास इसे साकार भी कर दिखाएगा।"

“उनका जीवन चुनौतियों से भरा रहा है और उन्होंने इन्हें अवसरों में तब्दील कर लिया। वह किसी प्रबुद्ध व्यक्ति के तौर पर आरामकुर्सी पर बैठकर हमें उपदेश नहीं देते। बजाय इसके वह ऐसे व्यक्ति के रूप में बोलते हैं जो कीचड़, मलिनता और गंदगी से जीतकर निकला है और उसने अपनी बाल सुलभता व उत्साह को भी बनाए रखा है। प्रेन्टिस हमें संसार को उनकी दृष्टि से देखने और उनके आनंद में सहभागी बनने की ओर इशारा करते हैं। इस पर विश्वास करना आसान है, यह संभव है।”

–न्यू एज रिटेलर

“प्रसन्नता एक अस्थिर वस्तु हो सकती है। यह सुखद, चुंबकीय परिधान की तरह हो सकती है जो इसी को अधिक से अधिक आकर्षित करे, या फिर यह किसी महीन कपड़े के बने घूंघट की तरह हो सकती है जो इधर-उधर उड़ता रहे। यह सब किसी के दर्शन, कर्म और सोच पर निर्भर करता है। यह छोटी सी अद्‌भुत किताब बताती है कि हम बाधाओं को पार करके ख़ुशियों को हासिल कर सकते हैं। यह उनके लिए है जो अपेक्षाओं, आदतों और दृष्टिकोण में परिवर्तन चाहते हैं और उन्हें इसकी ज़रूरत है। क्रिस प्रेन्टिस हमें सिखाते हैं कि जीने की खुशी किस तरह अनुभवों से स्वाभाविक रूप से आती है। उनके व्यवहारिक ज्ञान का उपयोग प्रत्येक दिन खुश रहने की आदत को बनाने में करें। इस किताब को अपने पास रखें और ज़ेन वाली प्रसन्नता आपकी हो सकती है।”

–रिवर्सस्पिन्स डॉट कॉम

ज़ेन
और
प्रसन्न
रहने की
कला

ज़ेन और प्रसन्न रहने की कला

क्रिस प्रेन्टिस

मंजुल पब्लिशिंग हाउस

MANJUL

मंजुल पब्लिशिंग हाउस

कॉरपोरेट एवं संपादकीय कार्यालय

•द्वितीय तल, उषा प्रीत कॉम्प्लेक्स, 42 मालवीय नगर, भोपाल-462 003

विक्रय एवं विपणन कार्यालय

•7/32, अंसारी रोड, दरियागंज, नई दिल्ली-110 002

वेबसाइट : www.manjulindia.com

वितरण केन्द्र

अहमदाबाद, बेंगलुरू, भोपाल, कोलकाता, चेन्नई,
हैदराबाद, मुम्बई, नई दिल्ली, पुणे

मूल रूप से पावर प्रेस द्वारा प्रकाशित,
क्रिस प्रेन्टिस द्वारा लिखित अंग्रेजी पुस्तक
ज़ेन ऐंड द आर्ट ऑफ़ हैपीनेस का हिन्दी अनुवाद

मंजुल पब्लिशिंग हाउस प्रा. लि.
ज़ेन और प्रसन्न रहने की कला

प्रेन्टिस ट्रस्ट के सहयोग से प्रकाशित

यह हिन्दी संस्करण 2018 में पहली बार प्रकाशित

ISBN 978-93-88241-27-4

कवर डिज़ाइन : नीता इबर्रा
इंटीरियर डिज़ाइन : रोजर गेफ़वर्ट
हिन्दी अनुवाद : नवोदित सक्तावत

मुद्रण व जिल्दसाज़ी : मणिपाल टेक्नोलॉजीज़ लिमिटेड, मणिपाल

टॉड को समर्पित

प्रसन्नता

किताब के आवरण पर तीन चीनी अक्षरों का चित्रण किया गया है और पूरी किताब में अंदर भी स्थान-स्थान पर इनका उपयोग किया गया है। सामूहिक रूप से वे 'प्रसन्नता' का दान करते हैं। व्यक्तिगत रूप से इन अक्षरों का अर्थ है:

福 सौभाग्य

祿 समृद्धि

壽 दीर्घायु

मुख्य आवरण पर 'लॉफ़िंग बुद्धा' प्रेम, स्नेह एवं अनुराग को दर्शाता है जिसे जापान में होतेई ओर चीन में पु-ताई के नाम से जाना जाता है। कुछ लोग कहते हैं कि यह प्रसन्नचित्त आकृति एक विलक्षण, घूमंतू ज़ेन भिक्षु संत पर आधारित है जो एक हज़ार से अधिक वर्ष पहले जिया था और जिसे बोधिसत्व मैत्रेय (भविष्य के बुद्ध) का अवतार माना जाता है। इसे 'प्यारा' और 'मैत्रीपूर्ण' भी कहा जाता है।

बुद्धा का बड़ा सा पेट प्रसन्नता, सौभाग्य और अनुकंपा का संकेत है जो वे प्रचुर मात्रा में अपने सहज आनंद भाव से हम पर बरसाते हैं।

अनुक्रम

1.	मार्ग	1
2.	हम हर अगले क्षण के स्वामी हैं	11
3.	नया अनुभव	21
4.	आंतरिक मार्ग	31
5.	सचेतन ख़ुशियां	39
6.	सृष्टि में सत्य क्या है	55
7.	बदलाव को अपनाना	73
8.	तनाव और आपकी कल्पना	91
9.	आपके अतीत का निदान	103
10.	सृष्टि की भाषा	111
	आभार	121
	लेखक के बारे में	123

1

मार्ग

संपूर्णता

हर जगह है

यदि हम इसे पहचानने

का चुनाव कर लें।

—ओकाकुरा काकुज़ो

1 | मार्ग

स्थायी प्रसन्नता को हासिल करने का एक ही रास्ता है। सहज रूप से वह रास्ता है : ख़ुश रहिए।

यह पढ़ने के बाद आपके मन में इस तरह के तमाम विचार उठ रहे होंगे : 'यह तो बेवकूफ़ी है और किताब को ख़रीदने के बाद अब मैं बहुत अप्रसन्नता का अनुभव करने वाला हूं। बस, उम्मीद करता हूं कि यह ठीक-ठाक हो।' 'यह तो बहुत ही सरल है।' 'लेखक ने अपना मानसिक संतुलन खो दिया है और अब वह बुद्धिहीनता और बकवास पर उतर आया है।' 'यह मुझे पर्याप्त रूप से नहीं बताता है कि मैं ख़ुश किस तरह रहूं।' 'चीज़ें उस तरह से नहीं घटतीं।' 'इतना तो तय है कि यह सब कहीं दर्ज नहीं होता कि मैं मेरे दैनिक जीवन में होने वाली त्रासदियों, अनहोनी और परेशानी के चलते दुखी रहता हूं।' 'आप केवल ख़ुश ही नहीं रह सकते।' 'मालूम होता है कि लेखक बूढ़ा हो गया है।'

हो सकता है ये सब सच हो। आप जितने ख़ुश रहे हों, उससे भी

अधिक समय तक ख़ुश रहना एक तरह की विलक्षण ग्रंथि और चुनौती है। यह चुनौती इस बात में नहीं है कि आप इसे जानते हैं, बल्कि इसमें है कि अपने अनुभवों के प्रति आप कितने जागरूक बने रहे। फिर भी मैं कहूंगा कि आप इसे कर सकते हो। जिस समय आप इस छोटी सी किताब को ख़त्म कर चुके होंगे, अगर आपकी इच्छा हुई कि वह तमाम, जो भी आपने पढ़ा है, साकार हो जाए तो आप कर गुज़रेंगे।

आपकी मौजूदा स्थिति में आपको पहुंचाने वाला रास्ता चंद दिनों या महीनों में तय नहीं हुआ बल्कि यह एक लंबा, दुःसाध्य रास्ता रहा है। जिसमें कि कई वर्ष लग गए। असल में, आज आप जो भी हैं उस रूप में इसी ने आपको जीवित रखा हुआ है। इसने आपको लंबे समय तक बनाए रखा ताकि आप वह सब हासिल कर सको जो आपने प्राप्त किया है। वह पा सको जो आपके पास है और आपकी मौजूदा स्थिति तक पहुंच सको जहां कि आज आप हो।

आज आप जो भी हैं, और आपके पास जो कुछ भी है, यदि यही सब आपने सदा से चाहा था, और अगर आप अपने जीवन की स्थितियों से संतुष्ट हैं तो आपको बधाई - आप बस वह करते रहिए जो अब तक करते आए हैं और जितना भी कुछ आपके पास है, उससे कहीं अधिक आपको हमेशा मिलता रहेगा। लेकिन अगर जो आप हो, जो आप चाहते हो, जो भी आपके पास है और आपकी वर्तमान परिस्थिति आपकी इच्छाओं की तुलना में कमतर या अलग है तो आपको कुछ बदलाव करने होंगे। बुनियादी बदलाव, आंतरिक बदलाव। अगर इन बदलावों को लाने में आप नाकाम रहे तो आप साल दर साल उन चीज़ों को हासिल करने के लिए बेकार ही कोशिशें करते रह जाएंगे।

इस किताब में आपको ऐसे वक्तव्य मिल सकते हैं जो आपकी मान्यताओं के प्रतिकूल हों। जो कुछ आपके अनुभवों ने सिखाया है, उसके प्रतिकूल हों। जो भी दूसरों ने आपको बताया है, उसके प्रतिकूल हों। जिन आध्यात्मिक परंपराओं, धारणाओं के बीच आप पले-बढ़े हैं,

उसके प्रतिकूल हों। और यहां तक कि आपकी सहज बुद्धि के भी प्रतिकूल हों। यह अपेक्षित है। अगर ऐसा नहीं होता तो आप पहले ही ख़ुश रहने की कला जान चुके होते।

चूंकि आप जो पढ़ेंगे उसका कुछ भाग असंभव या मूर्खतापूर्ण और यहां तक कि बेतुका भी लग सकता है। पहले तो यह आपकी संवेदनशीलता को आहत करेगा। आपका मन होगा कि इस पर हंसें, इसे कोसें और फिर इसे ख़ारिज कर दें। हर बार आप कुछ ऐसी बात कहेंगे जिसके प्रभाव में आप रहे हों। लेकिन इसे ख़ारिज करने से पहले मेरा सुझाव है कि आप अपने आप से पूछें कि क्या आप सचमुच चाहते हैं कि आपके विचार सच साबित हों और आप इन विचारों को सच के रूप में सामने आने का एक अवसर दें।

सरल सवाल

सच सदा आपके निकट, आपकी पहुंच के भीतर होता है।

—डी.टी. सुज़ुकी

आपकी इज़ाज़त के साथ, अब मैं आपको आपके परंपरागत विचारों और अनुभवों की सीमाओं के परे ले जाना चाहूंगा। जीवन का यह नया ढंग दो सरल सवालों के साथ शुरू होता है।

पहले इस सवाल का सच्चाई भरा जवाब दीजिए –

क्या मैं इसे सच के रूप में जानना चाहता हूं : 'मेरे साथ घटने वाली हर घटना अपने आप में यथासंभव श्रेष्ठ घटना है।'

दूसरा और अधिक मुश्किल हिस्सा सच्चे रूप से इस सवाल का जवाब देना है : *क्या मैं उसे सच होने का मौक़ा दूंगा?*

कल्पना कीजिए कि यदि अभी तत्काल परमात्मा आपके सामने प्रकट हो जाएं और कहें : 'मैं तुमसे वादा करता हूं कि इस क्षण के

बाद से तुम्हारे साथ जो कुछ भी बीतेगा वह बहुत फ़ायदेमंद होगा और इससे तुम्हारे भाग्य के दरवाज़े खुल जाएंगे।' कल्पना करें कि परमात्मा कहते जा रहे हैं : 'यहां तक कि जो भी होगा वह कभी-कभी दुर्भाग्यपूर्ण या नुक़सानदायक होगा, आपके जीवन के आख़िर में हैरतंगेज़ समृद्धि होगी और जो कुछ भी होगा उससे बड़ा लाभ होगा।'

ऐसी शानदार ख़बर पाकर आपको कैसा अनुभव होगा? ख़ुशी महसूस होगी। शायद यह बहुत ही मज़ेदार लगेगा। क्या यह ऐसी ख़ुशख़बरी नहीं होगी जो कि आपने कभी सुनी ही ना हो? क्या आप एक गहरी राहत भरी सांस लेकर ऐसा अनुभव नहीं करेंगे मानो आपके कंधों से बहुत बड़ा बोझ हटा लिया गया हो। इसके बाद अगला जो कुछ भी होगा, क्या आप उस पर अपनी कोई प्रतिक्रिया नहीं देंगे - भले ही यह पीड़ायुक्त हो, या इसने आपसे कुछ छीन लिया हो। यह उस समय थोड़ा बुरा महसूस हुआ हो, गोया कि यह आपके लिए बहुत फ़ायदेमंद साबित होने वाला हो। शायद आपके साथ होने वाली सर्वश्रेष्ठ घटना हो।

यदि आपका जवाब उत्साह भरे हां में नहीं है तो उक्त वाक्यों में मैंने जो बातें की हैं शायद आपने उन्हें समझने में भूल कर दी है। मैं उन जुमलों का ज़िक्र नहीं कर रहा जो हम आमतौर पर सुनते हैं - 'सर्वश्रेष्ठ करने की कोशिशें करो। इसका मतलब हुआ कि हालात और घटनाएं सचमुच बुरी हैं और दुर्भाग्य की चपेट में हैं लेकिन कुछ ऐसा करो कि इसके बावजूद कुछ अच्छा बचा रहने की गुंजाइश निकल सके।' ना ही मेरे कहने का यह मतलब है कि बुरे से बुरे हालात में भी रंच मात्र कुछ अच्छा मिल पाना संभव है।

मैं इन सीमित विचारों के दायरे में नहीं सोच रहा हूं। मैं उन असीमित स्थितियों की बात कर रहा हूं जिसमें आपके साथ बीतने वाली हर घटना श्रेष्ठतर हो - इस तरह उच्च मात्रा में हो कि उसके समान कोई दूसरी श्रेष्ठता की कल्पना भी नहीं की जा सकती हो। तो फिर से

बताइए क्या यह ऐसी सर्वश्रेष्ठ सूचना नहीं होगी जो कि आपने कभी सुनी हो? क्या आप एक गहरी राहत भरी सांस लेकर ऐसा अनुभव नहीं करेंगे मानो आपके कंधों से बहुत बड़ा बोझ हटा लिया गया हो। और इसके बाद अगला जो कुछ भी होगा, क्या आप उस पर अपनी कोई प्रतिक्रिया नहीं देंगे - मानो यह कभी भी घटने वाली सबसे श्रेष्ठ घटना हो?

अगर आप इस नई अवधारणा को एक और अवसर देना चाह रहे हैं तथा वस्तुतः मान ही रहे हैं कि आपके साथ घटने वाली हर घटना, यथासंभव श्रेष्ठ घटना है तो आप उस धारणा के अनुसार ही आचरण करने लगेंगे और प्राकृतिक नियमों के चलते अंत तक पहुंच जाएंगे। इसके लिए पूरे मन की मौजूदगी ज़रूरी है जो कि कहीं अधिक कठिन बात है लेकिन इसके एवज में मिलने वाले इनाम को देखते हुए तो यह क़ीमत बहुत छोटी ही है। ख़ुशियों के उजास में बिताया गया पूरा एक जीवन।

ज़ेन

ज़ेन साधारणतया... केंद्रित रहने की अवस्था है जो कि अभी और यहीं है।

—ऐलन वॉट्स

अपनी संपूर्णता के साथ ज़ेन एक व्यापक विषय है जिसे इस छोटी सी किताब में रखा गया है लेकिन मैं पता लगाऊंगा कि किस तरह हम ज़ेन की प्रणाली, सार और दृष्टिकोण को प्रभावी रूप से अपनी ख़ुशियों के लक्ष्य की प्राप्ति के लिए इस्तेमाल कर सकते हैं।

ज़ेन एक जापानी शब्द है जो कि संस्कृत के शब्द *'ध्यान'* (meditation) से उत्पन्न हुआ है। चीनी भाषा में इसे *चा'न* और जापानी में *ज़ेन* कहा जाता है। ज़ेन अपने आप में अनुसंधान की ऐसी

यात्रा और जीवन का वह ढंग है जो कि किसी भी धर्म या परंपरा से संबंधित नहीं है। यह जीवन को अभी और यहीं अनुभव करने एवं 'मैं' और 'तू,' 'विषय' और 'वस्तु,' हमारे आध्यात्मिक और दैनिक जीवन की साधारण गतिविधियों के बीच के द्वैत के भेद को मिटाने के बारे में है। यह स्पष्ट रूप से देखने, सीधे तौर पर अनुभव करने और स्व के वास्तविक स्वभाव को अभिव्यक्त करने के बारे में है।

ज़ेन दृष्टिकोण हमारे दैनिक जीवन में जागृति और केंद्रित रहने को प्रोत्साहित करता है। जैसा कि जापानी विद्वान और अमेरिका में मध्य-बीसवीं शताब्दी के प्रमुख ज़ेन वक्ता, डी.टी. सुज़ुकी ने ज़ेन के बारे में कहा, "यह हमें केवल जागने के लिए समर्थ भर बनाता है। यह प्रशिक्षित नहीं करता, यह चिन्हित करता है।"

इसका सार इस प्रकार है :

किसी भी चीज़ को करने की ज़ेन प्रणाली उसे मन की विशेष एकाग्रता के साथ करना है, एक शांति और मन की सरलता, जो कि प्रबुद्ध होने के अनुभव तक लाती है और इस अनुभव के मार्फ़त ख़ुशियां आती हैं।

यह किताब ख़ुशियों के ज़ेन के बारे में है जो ख़ुशियों की कला, ख़ुशियों के सार, ख़ुशियों के आंतरिक खेल और ख़ुशियों के *आंतरिक मार्ग* को ही कहने का एक दूसरा ढंग है।

ख़ुशी एक ठीक तरह से किया गया अपरिहार्य अंत है।

अपने ज्ञानोदय का अनुभव करने के प्रयास में योगियों ने ध्यान साधना में वर्षों और दशकों बिताए। ज़ेन के छात्र वर्षों तक कोन या ज़ेन पहेलियों पर एकाग्र होकर ध्यान देते हैं। प्रबुद्धगण जिन्होंने अपने लक्ष्य की प्राप्ति कर ली है, इस बात की तस्दीक करते हैं कि यह अनुभव

अक्सर किसी एक चमक की भांति आया और केवल कुछ क्षणों तक ही टिका, लेकिन यह इतना सशक्त था कि इसने उन्हें हमेशा के लिए बदलकर रख दिया।

आख़िर उन्होंने ऐसा क्या अनुभव किया जो इतना सशक्त था? *जगत के साथ एकाकार* हो जाने का भाव। यही समाधि का अनुभव है - यह जानना कि इस जगह में बनने वाली हर चीज़ एक ही ऊर्जा से बनी है और उसी का अंग है, और हम किस तरह इस सबसे संबंधित हैं। एक बार यह जागृति अर्जित कर ली जाती है तो शेष सारे असत्य अपने स्थान पर तिरोहित हो जाते हैं, प्रत्येक वस्तु अर्थपूर्ण लगने लगती है, और प्रत्येक बात समझी जा सकती है। जैसा कि ज़ेन गुरु दोगेन ने समझाया - "प्रबुद्ध होना, समस्त वस्तुओं के साथ एकात्म और अंतरंग हो जाना है।"

इस किताब का उद्देश्य आपके जीवन में समझ के माध्यम से संबोधि लाना है। यह समझ कुछ सर्वाधिक महत्त्वपूर्ण नियमों की है जिससे हम और हमारा संसार व ब्रह्मांड संचालित होता है। यह समझना कि किस तरह ये नियम हमारे जीवन को प्रभावित करते हैं और फिर ख़ुशियों को पाने के लिए इन जानकारियों का इस्तेमाल करना। 'मन की एकाग्रता' ज़ेन की उन विशेषताओं को बताती है जो आपके जीवन को प्रभावित करने वाली प्रत्येक घटना और परिस्थिति पर लागू होती है।

ऐसी ख़ुशी जो सार्वभौमिक नियमों और ब्रह्मांड के प्रति हमारे संबंधों की ज़रूरी समझ के मार्फ़त हासिल की गई है, वही सच्ची ख़ुशी है। इस तरह की ख़ुशी टिकाऊ होती है और समय की बदलती परिस्थितियों के साथ कम नहीं होती। यह हमें प्रत्येक परेशानी, प्रत्येक नुक़सान, प्रत्येक कष्ट के दौरान देखती-भालती है और हमारे श्रेष्ठ दिनों को भी चमक से भर देती है।

2

हम हर अगले क्षण के स्वामी हैं

हम जो कुछ भी हैं, वह हमारे

सोचे हुए का ही परिणाम है।

इसकी बुनियाद हमारे विचारों

से बनी है, इसका निर्माण

हमारे विचारों से ही हुआ है।

—धम्मपद

2 | हम हर अगले क्षण के स्वामी हैं

आपके जीवन में पहले जो कुछ हुआ उससे संभवतः आप पूरी तरह राज़ी हैं, और यह कहना कि “मेरे साथ जो भी होता है वह यथासंभव श्रेष्ठ होता है” सच नहीं है, हो भी नहीं सकता। दूसरी बात यह कि एक किताब जो आपके आधार वाक्य पर बनी है, आपके लिए कुछ अच्छा नहीं करने वाली है। इसे आज़माने की सोचना भी फ़िज़ूल है।

लेकिन यह एक नया दिन है। हम एक नई सदी व नई सहस्राब्दी में प्रवेश कर चुके हैं, और इस किताब को पढ़ते हुए आपको ऐसा लग सकता है कि नई धारणाओं में जीने का समय आ चुका है जो अब से आपके पूरे जीवन के लिए वरदान बनेगा।

हर अगले पल के स्वामी हम स्वयं हैं।

हम शक्तिशाली प्राणी हैं जो अपने विचारों और कृत्यों से स्वयं के

भविष्य का निर्माण करते हैं। हम वह तंत्र-रचना हैं जिससे कि जीवन संचालित होता है और हम जीवन की घटनाओं को निजी दार्शनिकता से नियंत्रित करते हैं। इसी से ये निर्धारित होता है कि हम उन घटनाओं पर किस प्रकार से प्रतिक्रिया देते हैं।

हम में से प्रत्येक का एक अपना फ़लसफ़ा है लेकिन हम में से कुछ ने ही इसे परिभाषित किया है कि यह क्या है। हालांकि आपने ख़ुद भी शायद ही कभी अपनी दार्शनिकता को परिभाषित किया हो, जो कि आपके जीवन में पूरे समय काम करती रहती है, आपको संचालित करती रहती है। आपकी दार्शनिकता हर जगह झलकती है - जैसे कि आप दुनिया के बारे में क्या सोचते हैं, यहां के लोगों और घटनाओं के बारे में क्या राय रखते हैं, यहां की परिस्थितियां किस तरह आपको प्रभावित करती हैं उसके बारे में और आप उन्हें किस तरह प्रभावित करते हैं, इन सबके बारे में आपकी दार्शनिकता काम करती है।

यदि आपसे आपके जीवन दर्शन के बारे में पूछा जाता तो आप कहते, "जीवन शानदार है, मेरे साथ अच्छा होता आया है, मैं एक खुशक़िस्मत इंसान हूं और मैं मानता हूं कि ये संसार एक बेहतरीन जगह है जिसमें बढ़िया लोग रहते हैं।" या फिर आप ठीक इसके विपरीत कहते : "मैं बदक़िस्मत हूं, मेरे साथ बुरा ही होता रहा है, ये संसार ठीक जगह नहीं है, लोग यहां मेरा फ़ायदा उठाते हैं और वे अपना मतलब साधने के लिए ही मिलते हैं।" आप मर्फ़ीज लॉ में यक़ीन रखते हुए ऐसा भी कहें कि - "अगर कुछ ग़लत हो सकता है तो वह होकर रहेगा।"

अधिकतर लोग कहते हैं कि दुर्घटनाएं होती हैं, अनुचित घटनाएं मात्र संभव नहीं हैं लेकिन इसकी संभावना तो रहती ही है। वे कहते हैं कि सच्ची ख़ुशी का आना बहुत कठिन बात है और अगर आती भी है तो अल्प समय के लिए ही टिक पाती है। जब हम इस संसार में आते हैं, जीते हैं और मर जाते हैं तथा इस बीच हम जो अनुभव

करते हैं वह बहुधा एक संघर्ष होता है और हमारे चाहने और पाने के बीच चलने वाले लगातार समझौते का क्रम होता है।

चूंकि यही सब कुछ सामान्य तौर पर लोगों का मानना है, ऐसे में उनके कृत्य भी इसी धारणा पर आधारित होते हैं, और प्राकृतिक नियम के परिणामस्वरूप, वे अंत तक इसी के साथ चले आते हैं। फिर वे कहते हैं, "हमने तो तुम्हें पहले ही ऐसा कहा था।" उन्होंने न केवल आपको "ऐसा ही कहा था" बल्कि सभी को सबकुछ कहा था और इसीलिए यह बात ऐसी है।

अगर आप मानते हैं कि आपके साथ कुछ बुरा होता है तो आप कुछ इस तरह से प्रतिक्रिया देंगे कि आपको वह बात और चुभे, व अप्रिय लगे और जितनी मायूसी आप अनुभव करते हैं यह बात उतनी ही पुख़्ता हो जाती है कि आपके साथ जो हुआ वह सचमुच दुर्भाग्यपूर्ण था। हालांकि, यह उस घटना के प्रति आपकी प्रतिक्रिया थी जिससे दुख की निरंतरता बनी रही। *हम वो लोग हैं जो बुरी घटनाओं को बुरा मालूम होने के लिए प्रयत्नरत रहते हैं और यह काम हम ऐसी क्षमता के साथ करते हैं कि जब बुरी घटना घटती है तब वह हमें बुरी लगती है और बाद में भी वह बुरी ही लगती रहती है।* जैसा कि विलियम शेक्सपीयर ने व्यापक रूप से ग़ौर किया, "कुछ भी अच्छा या बुरा नहीं होता लेकिन हमारी सोच उसे ऐसा बना देती है।"

आपकी निजी दार्शनिकता निर्धारित करती है कि आपके जीवन में होने वाली घटनाओं के प्रति आप कैसा व्यवहार करेंगे। आपकी प्रसन्नचित्त अवस्था और ख़ुशियों के लिए यह पूरी तरह से ज़िम्मेदार होती है। हालांकि आपको इस पर मुश्किल से यक़ीन आएगा कि आपके साथ जो कुछ होता है उसे आपकी निजी दार्शनिकता ही तय करती है। यह आपके जीवन में घटी अधिकांश घटनाओं और पिछली परिस्थितियों को निकालकर सामने ले आती है, जिनमें वे भी शामिल होती हैं जो आपके बस के बाहर थीं, वे सब निरंतर बनी रहेंगी।

जैसा आप मानें, यह आपके लिए है

एक सच्चा व्यक्ति वही देखता है जो आंखें देखती हैं और इसमें वह कुछ भी नहीं जोड़ता जो कि वहां नहीं है। वह वही सुनता है जो कान सुनते हैं और काल्पनिक ध्वनियों को ना ही खोजता है ना सुनता है। वह... छुपे हुए अर्थों के लिए व्यस्त नहीं रहता।

—चुआंग ज़ू

आप जो भी मानते हैं, उसके आधार पर कृत्य करते रहने से ही जीवन में हालात और ख़ुशियों के वो पैमाने सामने आते हैं जो आपने अनुभव किए हों। वर्ष 2004 में आई कारगर फ़िल्म *व्हाट द ब्लीप डू वी नो!?* में भौतिक विज्ञानी और लेखक फ्रेड ऐलन वोल्फ़, पीएच.डी., ने ग़ौर किया है, "हमारे मन से अलग कहीं कोई बाहरी जगह जैसी चीज़ नहीं है।" मैक्स की ही कहानी को लीजिए। मैक्स ने एक शानदार सैंडविच शॉप खोली थी। उसकी छोटी सी दुकान के बाहर सैंडविच खाने वालों की अक्सर कतार देखी जा सकती थी। वह सैंडविच के साथ मुफ़्त अचार, आलू के चिप्स और कभी-कभी सॉफ़्ट ड्रिंक भी देता था। उसके यहां के सैंडविच ज्यादा भरवां होने के कारण काफ़ी मशहूर थे।

एक दिन उसका बेटा, जो किसी दूर शहर में रहता था, वहां आया। उसका भ्रमण ठीक रहा लेकिन जैसे ही वह वापस लौटने लगा, उसने अपने पिता से कहा, "जबसे मैं यहां आया हूं मैं ये देख रहा हूं कि आप किस तरह सैंडविच की दुकान चलाते हो। आपके भले के लिए मुझे आपको ये बताना ही पड़ेगा कि आप वो तमाम अतिरिक्त चीज़ें देकर बहुत बड़ी भूल कर रहे हो। देश की अर्थव्यवस्था बदहाली में है। लोग बेरोज़गार हैं और उनके पास ख़र्च करने के लिए कम पैसा है। अगर आपने मुफ़्त देने वाली चीज़ों पर रोक नहीं लगाई तो आप बहुत लंबे समय तक मुसीबत में घिरने वाले हो।" यह सब सुनकर पिता दंग

रह गया और उसने बेटे को शुक्रिया कहते हुए कहा कि अबसे वह उसकी इस सलाह को मानेगा।

बेटे के जाने के बाद मैक्स ने बेटे की सलाह पर अमल शुरू किया। उसने मुफ़्त चीज़ें देनी बंद कर दीं और उसने सैंडविच के साथ दी जाने वाली दूसरी खाने की वस्तुओं में कटौती करना शुरू कर दिया। कुछ समय बाद जब उसके कई ग्राहकों ने निराश होकर उसकी दुकान पर आना बंद कर दिया, उसने बेटे को पत्र लिखा : "बेटा, तुम ठीक कहते थे! देश की अर्थव्यवस्था सचमुच बुरे दौर में है, और मैं इसका परिणाम अपनी सैंडविच की दुकान पर सीधे तौर पर महसूस कर रहा हूं!"

इस आदमी के बेटे ने जिस ख़राब अर्थव्यवस्था को अपने पिता के इर्द गिर्द देखा था, वो वास्तविक थी। इस बिगड़ी अर्थव्यवस्था के बावजूद, पिता सैंडविच की दुकान सफलतापूर्वक चला रहा था। उसे इस बात का कोई अंदाज़ा नहीं था कि वह ख़राब समय था और लोग बेरोज़गार थे और पैसे की तंगी चल रही थी। वह प्रत्येक ग्राहक का दिल खोलकर स्वागत कर रहा था और ऐसे कामों पर अक्सर जो इनाम मिलता है, वह उसकी बुनियाद रख रहा था। अच्छी चीज़ों को दरियादिली से लुटा रहा था। लेकिन जब उसके बेटे ने उसे देश के "बुरे समय" के बारे में बताया, उसने इसके अनुसार बरताव करना शुरू कर दिया मानो ऐसा सचमुच हो। इसका एकमात्र संभावित परिणाम हासिल होना था - एक नकारात्मक, आशंकापूर्ण और ग़ैर उदार जीवन का अनुभव, ऐसा अनुभव जिसके बारे में उसने मान लिया था कि, "बाहर ऐसा है।" क्या यह "बाहर ऐसा" था?

जवाब कभी भी "वहां बाहर" नहीं होते। सारे जवाब आपके भीतर "अंतस में" होते हैं, जो खोज लिए जाने की प्रतीक्षा में होते हैं।

चलिए आपको एक निजी उदाहरण बताया जाए कि किस तरह से किसी धारणा की शक्ति हमारे व्यवहार और जीवन की घटनाओं को प्रभावित कर सकती है। जब मैं युवा था तब मुझे यातायात नियमों के उल्लंघन के लिए बहुत सारे स्पीडिंग टिकट दिए गए और मेरा यह व्यवहार मेरे युवा जीवन में भी जारी रहा। मैं कैलिफ़ोर्निया में रहता हूं और 1968 में एक दिन मुझे कैलिफ़ोर्निया के मोटर व्हीकल डिपार्टमेंट से एक नोटिस मिला जिसमें लिखा गया था कि यदि मैंने एक और टिकट लिया तो मेरा लाइसेंस एक साल के लिए निलंबित कर दिया जाएगा। मुझे सुझाया गया कि मुझे किसी स्थानीय डीएमवी ऑफ़िस जाना चाहिए और उनके किसी एक साइकोलॉजिस्ट से मिलना चाहिए। मुलाक़ात के दौरान, साइकोलॉजिस्ट ने मेरे स्पीडिंग टिकटों पर टिप्पणी की जो कि मैं अब तक लेता आया था।

मैंने अपना बचाव करते हुए कहा, "हर कोई स्पीडिंग टिकट लेता है।"

उन्होंने मुझसे कहा, "ये सच नहीं है। कैलिफ़ोर्निया में एक औसत आदमी चार साल में केवल एक टिकट ले पाता है।"

मैं यह सुनकर दंग रह गया। मुझे लगा था कि प्रत्येक शख़्स मेरी ही तरह है और हर समय स्पीडिंग टिकट प्राप्त करता रहता है। उस मुलाक़ात के बाद मैंने स्पीडिंग टिकट लेना बंद कर दिए। मैं एक घातक मनःस्थिति में था और जैसा कि मुझे लगा, यह मेरे लिए ही थी। जैसा आप इसे मानेंगे, यह आपके लिए वैसी हो जाएगी।

आप एक रेलरोड के स्विच की तरह हैं। हर समय जब कोई घटना घटती है तो आप सकारात्मक या नकारात्मक ट्रैक पर अपनी गतिविधियों को रख देते हो। भले ही किसी घटना ने आपको आहत किया हो या आपसे कुछ छीन लिया हो, आप फिर भी सकारात्मक या नकारात्मक, किसी भी अर्थ में उससे जुड़े रहते हो। आप इसके भविष्य के परिणामों का निर्धारण करते हो।

क्या आपके साथ कभी कुछ ऐसा हुआ है जो पहले तो बहुत बुरा लगा हो लेकिन कुछ दिनों, हफ़्तों या वर्षों बाद वह लाभकारी साबित हुआ। आपने कहा, "वह मेरे साथ घटित होने वाली सर्वश्रेष्ठ घटना थी!" जितनों से भी मैंने यह सवाल पूछा, उनमें से प्रत्येक को ऐसी कुछ घटनाएं याद थीं।

अब सजग होकर फिर से उन *सभी* घटनाओं को देखने का समय है। हर परिस्थिति में उस संपूर्ण सत्य को देखना सीखें। प्रत्येक घटना के घटित होने पर स्वयं को उसे देखने के अनुरूप ढालें और ख़ुशियां सदा के लिए आपकी संगी साथी बन जाएंगी। आप उन परिस्थितियों पर विलाप करने वाले ऐसे अनगिनत घंटे, दिन और हफ़्ते बचा लेंगे जो कि हमेशा आपके लिए फ़ायदेमंद साबित होंगे।

3

नया अनुभव

हर दिन

एक शुभ दिन है।

—उम्मोन

3 | नया अनुभव

जब आप अपने अनुभवों से अन्यथा राज़ी हो जाते हैं तब आप अपनी धारणा किस तरह बदलते हैं?

एक नया अनुभव करने से।

एक नया अनुभव पाने के लिए सबसे श्रेष्ठ तरीक़ा यही है कि जो भी होता है उसे लेकर आप प्रतिक्रिया को ही बदल दो। कार्यकारण के प्राकृतिक सिद्धांत के चलते आपकी नई प्रतिक्रिया से नए नतीजों का निर्माण होगा जिसे आप एक नई सच्चाई के रूप में महसूस करेंगे।

ख़ुशियों के लक्ष्य तक पहुंचने के लिए, कुछ ऐसा करें मानो नीचे कही गई बात सच हो : *मेरे साथ जो भी होता है, वह मेरे साथ घटने वाली यथासंभव श्रेष्ठ घटना है।* यह 1 + 1 = 2 की तरह सरल और अचूक है।

> *यूं जताना मानो आपके साथ जो भी होता है वह कभी भी होने वाली सर्वश्रेष्ठ घटना है* + *नया परिणाम = ख़ुशियां*

जब आप इस सच से राज़ी हो जाते हैं कि जो भी होता है, श्रेष्ठ ही होता है, जीवन अधिक मस्ती व आनंद भरा बन जाता है। यह ख़ुशियों की एक सीधी श्रृंखला शुरू करने जैसा है।

ख़ुशियां आपके इंतज़ार में हैं। आपको केवल उस विधि का पालन करना है जो इसका निर्माण करती है। उदासी भी आपके इंतज़ार में ही है। बस आपकी प्रतिक्रिया निर्धारित करती है कि इनमें से आप क्या महसूस करेंगे।

आइए एक उदाहरण से समझते हैं कि किस तरह यह सिद्धांत काम करता है। कल्पना कीजिए आप एक कॉफ़ी शॉप खोलना चाहते हैं और आपका बजट सौ हज़ार डॉलर का है। सोचिए आपके पास बैंक में कितना धन जमा है। आप जगह पसंद करने के लिए निकलेंगे और काम करने के इच्छुक लोगों का इंटरव्यू करेंगे। आप उपकरणों की क़ीमतों का पता करेंगे, फ़र्नीचर देखेंगे, साइन बोर्ड बनाने वालों से संपर्क करेंगे, सप्लायर्स से बात करेंगे, अपना शेड्यूल जमाएंगे और वह सब ज़रूरी काम करेंगे जो कि एक कारोबार को शुरू करने के लिए होते हैं।

ज़रा सोचिए, इसके बजाय आपके पास बैंक में पैसे नहीं हैं। अगर आप केवल तथ्यों के आधार पर ही चलेंगे तो आप सिवाय हैरान होने के कुछ नहीं करेंगे कि प्रोजेक्ट शुरू करने के लिए कैसे धन जुटाया जाए। यह जानना ही आपकी गतिविधियों को मोहताज बना देता है कि आपके पास पैसे नहीं हैं।

अब सोचिए कि ऐसा होने की बजाय आप यूं जताते मानो आपके पास सचमुच बैंक में पैसे हैं, आप वे सारे काम करना शुरू कर देंगे जो कि आप पैसे रहते हुए करते। आप प्रोजेक्ट पर काम शुरू कर देते हैं और देखिए! आपने वह स्थिति निर्मित कर दी जिससे पैसा आता है। हो सकता है जिन लोगों का आपने इंटरव्यू किया हो उनमें से कोई एक आपका भागीदार बनना चाहता हो। हो सकता है कि कोई सप्लायर

धन का निवेश करने के लिए आगे आए और ये भी संभव है कि उस भवन के मालिक को ही यह विचार पसंद आ जाए और वह इसमें साझेदारी करने की इच्छा जताए। संभावना तो ये भी है कि साइनबोर्ड बनाने वाले का कोई भाई-बंधु ऐसे ही किसी निवेश के अवसर की बाट जोह रहा हो।

जीवन जीने के लिए रवैये को समाहित करता हुआ एक मुहावरा भी है जो मैंने 6 हज़ार साल से भी ज़्यादा प्राचीन चीनी इबारत इ चिंग की विद्वत्ता से जुटाया है :

हर चीज़ निर्धारित समय पर ही आती है।

यह ज़रूरी नहीं है कि किसी भी योजना की सारी चीज़ें एक साथ ही शुरू कर दी जाएं। वे एक निर्धारित समय पर सामने आएंगी। बस यही ज़रूरी है कि आप अपनी योजना के साथ आगे बढ़ते रहें जब तक वह तय समय नहीं आ जाता। आगे बढ़ते रहने से मिली ताक़त के साथ, मानो आपके पास शुरुआत के लिए वाक़ई पैसा रहा हो, आप घटनाओं की शृंखला को ऐसी गति दे देंगे जो सफलता के मार्ग पर ले जाएगी। आपके क्रियाकलाप “ऊर्जा का एक ऐसा भंवर” निर्मित करते हैं जो आपके निवेश के लिए लगने वाली ज़रूरी व उपयुक्त सामग्री और तत्वों को खींच ही लेता है।

हर वो चीज़ जिसकी आपको निवेश के लिए ज़रूरत है, असल में वह पहले से ही मौजूद है और आपका इंतज़ार कर रही है। ख़ुशी के मामले में भी ऐसा ही है। इस विचार के आधार पर यूं बरताव करना मानो हर घटना आपके हित में ही है, एक प्रकार के ऊर्जा के भंवर का निर्माण करता है जिसके चलते हर चीज़ से आपको फ़ायदा पहुंचता है। इसके परिणामस्वरूप आपको ख़ुशियों का अहसास होता है और इसी से यह साबित होता है कि इसी तरह चीज़ें काम करती हैं। इसके चलते ही आपका यह विश्वास प्रबल होता है कि प्रत्येक घटना

वस्तुतः आपके भले के लिए ही घटती है। जब आप जानते हैं कि यह सच है, तभी एक गहरे राहत का भाव उभरता है।

आप जान जाएंगे कि आप आचरण की ऐसी अवस्था में पहुंच चुके हैं जहां आपको ये अहसास होता है कि जो भी होता है मानो वह आपके साथ होने वाली श्रेष्ठ घटना है। भले ही हालात और घटनाएं अप्रिय रहे हों लेकिन धीरे-धीरे या अचानक आप पाते हैं कि आप हाल ही में अधिकतर समय ख़ुश रहे हैं।

संभावित श्रेष्ठ बात

> *यदि आप वाक़ई जानते हैं कि किस तरह जीना है, तो दिन की शुरुआत करने का एक मुस्कान से बेहतर भला क्या उपाय हो सकता है? ...मुस्कराने से आपका पूरा दिन एक तरह की भलाई और समझ से भर जाता है। ...अपने पूरे अस्तित्व के साथ मुस्कराएं।*
>
> —तिच न्यत हैन्ह

हमारे जीवन में नए परिणाम निर्मित करने का सबसे कठिन हिस्सा इस विचार के प्रति अपनी जागरूकता को बनाए रखना होता है कि जो भी हम पर बीत रहा है वह हमारे अच्छे के लिए ही है। जो कुछ चल रहा होता है हम उसमें उलझकर फंस जाने के लिए पाबंद हो जाते हैं और भूल जाते हैं कि हमें यूं जताना है मानो जो कुछ हो रहा है वह हमारे साथ घटने वाली यथासंभव श्रेष्ठ घटना है। यह याद रखने के लिए कुछ करना होता है लेकिन यह सर्वाधिक लाभप्रद और संभव काम है। याद रखने का एक उम्दा तरीक़ा यह भी है कि काग़ज़ के कई टुकड़ों पर इस चमत्कारिक वाक्य को लिख लिया जाए :

मेरे साथ जो भी होता है, वह मेरे साथ होने वाली श्रेष्ठ संभावित घटना है।

कागज़ के इन टुकड़ों को उन जगहों पर रख दीजिए जहां आप समय बिताते हैं और उन्हें अधिक से अधिक समय तक देख सकें - उदाहरण के लिए, बाथरूम के आईने पर, आपकी कार की मुख्य जगह पर, आपके कार्यस्थल पर, आपके पर्स या बटुए में, आपके ड्रेसर पर, अपने ब्रीफ़केस के ऊपर और भीतरी तरफ़, आपके लॉकर और अलमारी में, रेफ्रिजरेटर के दरवाज़े पर, आपके बिस्तर के ऊपर की छत पर, आपकी डेस्क के सामने की दीवार पर और अन्य उन सभी जगहों पर जो आपके लिए ख़ास हों।

जब आप कोशिश करने की स्थिति में हों और काम पर जाने का समय हो तब अपने आप को इस सच की याद दिलाएं और *यूं जताएं मानो जो भी कठिनाई आ रही है वह आपके अधिकाधिक लाभ के लिए ही है।*

मुस्कराइए। कल्पना करिए कि हालात आपके लिए बदलकर बेहतर हो रहे हैं। ऐसा बरताव करिए मानो आपको कोई ताज़ा ख़ुशख़बरी मिली हो या कोई बेहतरीन तोहफ़ा मिला हो। उस नकारात्मक ऊर्जा के प्रवाह को सकारात्मक ऊर्जा में तब्दील करें जो आपको अहसास कराता है कि जो भी हो रहा है वह बुरा है। पुरज़ोर ढंग से कहें कि जो भी हो रहा है वह आपके लिए अतिशय लाभ देने वाला है। प्राकृतिक नियम के परिणामस्वरूप, इन नए विचारों और कृत्यों से घटनाओं की ऐसी श्रृंखला का आरंभ होगा जो ख़ुशियों के द्वार खोल देगी।

क़ायनात कोई ग़लती नहीं करती।

हर चीज़ ठीक उसी प्रकार हो रही है जैसी उसे होना चाहिए।

यह केवल हमारा परेशानियों भरा नज़रिया है जिसके चलते हम दुख और तकलीफ़ महसूस करते हैं। इतना ही नहीं, जब भी हम किसी घटना पर "बुरा" होने का तमगा लगा देते हैं तो हम उन लाभों को समझने में विफल हो जाते हैं जो हमारा इंतज़ार कर रहे होते हैं।

मैं ऐसे व्यक्ति को जानता था जिसकी नौकरी चली गई थी और वह अपने भाग्य को कोस रहा था। फिर उसने शराब पीना और कोकीन लेना शुरू कर दिया। वह तीन महीने तक रंगरेलियां मनाता रहा। रंगरेलियां मनाना ख़त्म होते-होते एक दिन, उसके पास किसी कंपनी से एक फ़ोन कॉल आया जिसके साथ वह हमेशा से काम करना चाहता था। कंपनी को पता चला था कि वह उपलब्ध हो सकता है इसलिए उससे काम शुरू करने की अपेक्षा की गई। सबसे पहले, उन्होंने उसे ड्रग टेस्ट कराने को कहा। उनके यहां काम करने के उच्च मापदंड थे और वे किसी भी ऐसे शख़्स को अपने साथ काम पर नहीं रखना चाहते थे जो ड्रग्स लेता हो।

वह ड्रग टेस्ट पास नहीं कर सका, लिहाजा उसे कभी वह नौकरी नहीं मिल पाई। लेकिन उसके इस नौकरी को न पा सकने के पीछे मूल कारण ये था कि उसने क़ायनात से भरोसा खो दिया था। क़ायनात से यह उम्मीद करने की बजाय कि उसके लिए क़िस्मत के पिटारे में और कुछ अच्छा होगा, वह उल्टे नौकरी खोने के पीछे लगातार अपने "दुर्भाग्य" को कोसने लगा। वास्तव में, जब उसकी पिछली नौकरी छूट गई थी, तब यह ना ही कोई ग़लती थी ना ही कोई दुर्भाग्य, बल्कि यह ऐसी घटना थी जिसका कुछ प्रयोजन था। यह एक ग्रेज्युएशन सर्टिफ़िकेट था जो उसे दूसरे बेहतर विकल्प के लिए पात्रता प्रदान कर रहा था। बस, वह इसे जान नहीं पाया।

यदि आप और मैं ऐसे संसार में रह रहे होते जो जीवंत नहीं होता, चेतन नहीं होता और हम सभी के प्रति सचेत नहीं होता तो

फिर यह "चीज़ें बस होती हैं" वाली ही बात होती। हालांकि, हम सभी इस सृष्टि के अभिन्न अंग हैं जो कि पूरी तरह से जीवंत है, पूर्ण रूप से चैतन्य है और संपूर्ण रूप से हम सभी के प्रति सचेत है - ऐसी सृष्टि जो हमें बिलकुल वही मुहैया कराती है जिसकी हमें अपनी पूरी संभावनाओं के साथ हासिल करने की दरकार होती है।

आप क़ायनात हैं... इसका एक अंग हैं।

4

आंतरिक मार्ग

आप जहां हैं

वहीं पर यदि आप

सत्य नहीं पा सकते तो

फिर आप

इसे और कहां पाने की

उम्मीद रखते हैं?

—दोगेन

4 | आंतरिक मार्ग

ख़ुशी अपने भीतर से आती है। यह हमारे मन के द्वारा पैदा की गई एक अवस्था होती है। हालांकि बाहरी चीज़ें, घटनाएं और परिस्थितियां भी होती हैं जो हमें ख़ुशियों का अहसास कराती हैं लेकिन ये चीज़ें और परिस्थितियां अपने आप में ख़ुशियों का सबब नहीं होतीं। जिस तरह हम उन हालात और बातों के बारे में सोचते हैं - हमारा मन उनके बारे में जो सोचता है - वही हमारी ख़ुशियों की वजह है।

इस बिंदु को स्पष्ट तौर पर समझने में दो उदाहरणों से आपको मदद मिलेगी। पहला, खेल के मैदान में हज़ारों दर्शकों से भरी दीर्घा। जब खेल ख़त्म हो जाता है, कुछ लोग ख़ुश होते हैं और कुछ मायूस होते हैं। उनकी ख़ुशी और गम इस बात पर निर्भर करते हैं कि जिस टीम के वे समर्थक हैं, वह जीती या हार गई। किसी खेल स्पर्धा का परिणाम आने पर ख़ुश या दुखी होना असल में एक बाहरी घटना के प्रति आंतरिक प्रतिक्रिया मात्र है।

खेल के आयोजन में ना ही ख़ुशी समाहित थी, ना ही दुख।

प्रत्येक दर्शक किसी ना किसी टीम के प्रति समर्पित होगा या कहीं कोई पैसे का दांव लगाया होगा, किसी खिलाड़ी का प्रशंसक होगा या स्कूल अथवा शहर की टीम का प्रतिनिधित्व बड़ी निष्ठा के साथ कर रहा होगा। ये जो मनोभाव हैं और ये जो रवैया है, वही स्पर्धा में उनकी प्रतिक्रिया सुनिश्चित करता है और परिणाम तक लाता है। खेल अपने आप में ऐसा कुछ नहीं करता। यदि खेल के आयोजन की मूल भावना मात्र ही ख़ुशी या उदासी होती तो हर बार खेल आयोजित होने पर प्रत्येक व्यक्ति एक ही प्रकार का अनुभव करता। इस प्रकार, हर व्यक्ति की ख़ुशी और उदासी का निर्धारण खेल के आयोजन से नहीं बल्कि इस बात से होता है कि वह आयोजन उस व्यक्ति के लिए कितना मायने रखता है।

जीवन की सारी घटनाएं भी इसी तरह काम करती हैं। यह इतना ही है कि किस तरह आप चीज़ों को देखते हैं और किस तरह उनसे ख़ुद को जोड़ते हैं, बस इसी से आपकी ख़ुशी या दुख की अवस्था निर्धारित होती है। चीज़ें अपने आप कुछ भी निर्धारित नहीं करतीं।

एक और उदाहरण प्रस्तुत है। कल्पना कीजिए, जिस छोटे से घर में हम रहते हैं, उसके बग़ल में एक बड़े से घर का निर्माण हो रहा है। चलिए ऐसा कहें कि धूल, शोरगुल के कारण हम ख़ुश नहीं हैं, और इस कारण भी ख़ुश नहीं हैं कि यह घर ठीक हमारे पड़ोस में संभावित रूप से विशाल घर बनने जा रहा है, जो हमें दबा देगा। चलिए ऐसा कहें कि कुछ महीनों तक असुविधा महसूस करने के बाद, जब यह घर बनकर तैयार हो जाता है और भव्य स्वरूप में नज़र आने लगता है तब इसका ठेकेदार हमारे पास आए और कहे कि हमारे एक धनी रिश्तेदार ने ये घर हमें उपहार स्वरूप देने के लिए ऑर्डर किया है।

इस नई ख़बर को पाने के बाद वही घर, वही धूल, वही शोरगुल अब हमारे लिए बिलकुल अलग अर्थ लेकर हाज़िर हैं और हमारी प्रतिक्रिया भी अब अलग है। हम अभी भी मौजूदा हालात से खिन्न हो सकते हैं जबकि घर बन रहा है लेकिन अब हमें पता है कि निर्माण कार्य पूरा होने के बाद यह घर हमारा होने वाला है इसलिए अस्थायी असुविधा इससे ढंक सी गई।

हमारे विचारों को प्रभावित करने वाली हमारे मन की शक्ति और एक ही चीज़ को अलग नज़रिये से देखने की क्षमता दो साधुओं की एक ख्यात ज़ेन कहानी से आती है। दोनों एक ध्वज को देख रहे थे। एक साधु ने ग़ौर किया कि झंडा घूम रहा था। दूसरा इससे असहमत होकर बोला कि यह झंडा नहीं, हवा थी जो लहरा रही थी। ज़ेन का छठा आचार्य वहां से गुज़र रहा था। उसने यह बहस सुनी, तो दोनों से बोला, "ना ही हवा और ना ही झंडा, मन गतिमान है।"

कार्य और कारण

आपका सबसे बुरा शत्रु आपका उतना नुक़सान नहीं कर सकता जितना कि आपके अपने असावधान विचार कर सकते हैं। लेकिन एक बार महारत हासिल हो गई तो कोई भी आपकी उतनी मदद नहीं कर सकता।

—**धम्मपद**

चूंकि ख़ुशी और उदासी की घटनाओं को लेकर हमारी व्याख्याएं मन की अवस्थाएं हैं (जिन्हें आप चुनते हैं), आप नई सूचनाएं देकर अपने मन की अवस्था बदल सकते हैं। हो सकता है आपको हमेशा ऐसी स्पष्ट सूचना मिले कि फलां नया घर आपके लिए ही बन रहा है लेकिन आप नए ढंग से चीज़ों को देखकर और जीवन में घट रही घटनाओं की व्याख्या करके अपने आप को नए ढंग की सूचनाएं दे सकते हैं। जब

आप ऐसा करेंगे तो आप ना केवल समय-समय पर होने वाली कठिन समस्याओं से निपट पाने में सक्षम होंगे बल्कि आप चेहरे पर मुस्कान लिए हुए उनसे बाहर निकल सकेंगे।

यदि आप मेटाफ़िज़िक्स नामक शब्द से परिचित हैं, *मेटा* यानी "से अधिक" या "परे" और *फ़िज़िक्स* से आशय यह भौतिक संसार। मेटाफ़िज़िक्स का सरोकार उनसे है जो कि "तुलनात्मक रूप से अधिक" हैं या "भौतिक संसार से परे" हैं। मेटाफ़िज़िक्स बतौर मनुष्य सीमाओं से परे पहुंचने के लिए हमारे प्रयासों का एक अंग है जिसके मार्फ़त हम जो देखते हैं, छूते हैं, सूंघते हैं, चखते हैं और सुनते हैं - उसके परे पहुंच सकते हैं। इससे हम वह सब कुछ इंद्रियों से समझ सकते हैं जिसे हम प्रकृति के परे महसूस करते हैं।

मेटाफ़िज़िक्स के मार्फ़त, हम चीज़ों की वास्तविक प्रकृति, उनके अंतिम सार और होने के कारणों का पता लगाते हैं। मेरे लिए, मेटाफ़िज़िक्स एक दर्शनशास्त्र है जिसमें वे सार्वभौमिक नियम सम्मिलित हैं जो इस भौतिक संसार में प्रत्येक चीज़ को संचालित करते हैं। इसका सरोकार अनदेखे लेकिन इंद्रियों द्वारा महसूस किए गए नियमों से भी है जो कि भौतिक बातों से परे विश्व को नियंत्रित व क्रम में रखते हैं।

यहां मेटाफ़िज़िकल लॉ का अंश प्रस्तुत है जो हमारे संसार के सबसे आधारभूत और महत्त्वपूर्ण पहलू से संबंधित है - कार्य और कारण। स्पष्ट रूप से कहा गया, यह मेटाफ़िज़िकल लॉ कहता है :

प्रत्येक क्रिया एक प्रतिक्रिया को उत्पन्न करती है, और
वह प्रतिक्रिया उस क्रिया के सटीक तालमेल में होती है।

कार्य और कारण का मेटाफ़िज़िकल सिद्धांत आपकी धारणाओं, मान्यताओं और विश्वास पर भी इस प्रकार लागू होता है। प्रत्येक धारणा जिसे आप रखते हैं, अपनी अभिव्यक्ति किसी एक ढंग में करती है। इसके चलते या तो आप कुछ क्रिया करते हैं या यह आपको कुछ

क्रिया करने से रोक देती है। यदि आप विश्वास नहीं करते कि कुछ संभव है, आप इसके लिए प्रयास भी नहीं करेंगे।

बीसवीं शताब्दी के आरंभिक दौर में 4 मिनट-एक मील को लेकर एक मिसाल कही जाती थी। कहा जाता था, और हर कोई मानता भी था कि किसी भी इंसान के लिए चार मिनट में एक मील की दौड़ लगाना असंभव है। उस दौर के डॉक्टरों ने कहा कि ऐसा प्रयास करने वाले व्यक्ति का शरीर भीतर से टूट जाएगा और दौड़ पूरी होने से पहले ही धावक की मृत्यु हो जाएगी। इंजीनियरों ने कहा कि मनुष्य शरीर के वायुगति विज्ञान के अनुसार 4 मिनट में एक मील दौड़ना किसी के भी लिए असंभव है।

यूं लगता था कि यह मान्यता सच ही रही होगी क्योंकि यह मायने नहीं रखता कि कितने हज़ार धावकों ने इस कीर्तिमान को बनाने की कोशिश की, वे सारे असफल हो गए। यह असल में उस मिसाल की शक्ति है। इसमें जो भी विश्वास करता है, यह उसको पंगु बना देती है और दूसरी तरफ़ प्रत्यक्ष रूप से इसे असंभव बना देती है। फिर भी, 6 मई, 1954 को रॉजर बैनिस्टर ने 3 मिनट, 59.4 सेकेंड में एक मील की दौड़ पूरी की। उन्होंने लंबे समय से चली आ रही मान्यता को तोड़ दिया। इसके महज 6 सप्ताह बाद एक आस्ट्रेलियाई व्यक्ति जॉन लैंडी ने 3 मिनट, 58 सेकेंड में एक मील की दौड़ पूरी कर ली। और वर्ष 1957 के अंत तक 16 और धावकों ने 4 मिनट से कम अवधि में एक मील की दौड़ पूरी कर ली।

आज कई धावक नियमित रूप से एक मील की दूरी 4 मिनट से कम अवधि में पूरी कर लेते हैं। जॉन वॉकर नाम के एक व्यक्ति ने तो यह कारनामा सौ से अधिक बार किया है। मौजूदा विश्व कीर्तिमान 3 मिनट, 43.13 सेकेंड का है, जो मोरक्को के हिशैम एल़ गुरौज के नाम पर है, जिन्होंने 7 जुलाई, 1999 को यह कीर्तिमान स्थापित किया था।

एक बार पुरानी मान्यता ध्वस्त हो गई और उसकी जगह नई

मान्यता बन गई, 4 मिनट के भीतर एक मील की दौड़ लगाना एक आम परिपाटी बन गई। ऐसा नहीं है कि धावक बहुत तेज़, फुर्तीले और मज़बूत थे, केवल बात इतनी सी थी कि उन्हें यक़ीन था कि इसे किया जा सकता है। किसी भी मान्यता व धारणा में कोई छेद हो जाता है तो उनके साथ यही होता है। प्रत्येक व्यक्ति सोच-विचार के एक नए ढंग से इस खाई को पाटता है।

अब आपकी बारी है कि आप आपके जीवन और घटनाओं के बारे में चली आ रही ऐसी ही अपनी किसी मान्यता को समाप्त करें। ऐसी मान्यताएं कि जैसे आपका जीवन किस तरह आपको "चलाता है," या आपके जीवन में ख़ुशियों की संभावनाएं आदि। आप स्वयं अपने मन की कमान संभाल सकते हैं और देख सकते हैं कि इसके प्रभाव में जीवन आपके लिए क्या कुछ सामने लाता है।

5

सचेतन ख़ुशियां

मेरा मन

एक मार्गदर्शक

नियंत्रक है।

—बुद्ध

5 | सचेतन ख़ुशियां

आपके जीवन के परिणामों में आपके मन की अवस्था सबसे महत्त्वपूर्ण तत्व है। जब मैं आपके मन के बारे में बात करता हूं तो मैं आपके शरीर के मस्तिष्क की बात नहीं कर रहा होता हूं जो आपकी खोपड़ी के ऊपरी हिस्से में नसों व कोशिकाओं का एक समूह भर है, नहीं बल्कि मेरा ध्यान उस पर होता है जो आप सोचते और ग़ौर करते हो। भले ही आप सोचने के लिए नसों व कोशिकाओं के समूह का उपयोग करते हों, फिर भी आपका एक हिस्सा ऐसा है - जो कि आपका एक अलग भाग है - जो आपकी विचार प्रक्रिया को निर्देश देता है। आपका वह हिस्सा आपके मस्तिष्क के बाहर या भीतर हो सकता है अथवा यह ऐसा भी हो सकता है कि आप अपने पूरे शरीर के साथ सोचते-विचारते हों जिसके बारे में मैं इसी अध्याय में बाद में बात करूंगा।

संभवतः आप स्वयं के उस भाग से अवगत रहे होंगे जो "दृष्टा" है, जो पीछे रहकर साक्षी बना मालूम पड़ता है जब आप अपने जीवन

में व्यस्त होते हैं। यह आपका वह हिस्सा है जो आपकी मान्यताओं को लाता है - जिस संसार में आप रहते हैं उसके बारे में आप जो भी सच मानते हैं, सार्वभौमिक नियम, आपके साथीगण, जीवन में आपकी भूमिका और आपके मूल्य। ये मान्यताएं उसी का निर्माण करती हैं जिन्हें मैं "आपका निजी दर्शनशास्त्र" कहता हूं।

आज हमारे मन, हमारी भावनाओं और हमारे शरीर के बीच आपसी तारतम्य को दर्शाने वाले कई शोध उपलब्ध हैं। यह कोई नया विचार नहीं है। विद्वान चिकित्सक हमेशा से अपने मरीजों से कहते आए हैं कि निदान का सबसे महत्त्वपूर्ण पहलू उपचार है। कोई 2400 साल पहले, यूनानी शरीरशास्त्री हिपोक्रेट्स ने, जिन्हें मेडिसिन का जनक कहा जाता है, अपने छात्रों से कहा था कि नकारात्मक भावनाएं बीमारियों का सबब बनती हैं और सकारात्मक भावनाएं स्वास्थ्य-लाभ के लिए एक अहम तत्व हैं।

यदि आप आगामी घटनाक्रमों को लेकर प्रसन्न, ऊर्जावान और उत्साहित हैं या सामान्य तौर पर एक आशावादी मनोदशा से भरे हैं तो आपके शरीर की प्रतिरोधक प्रणाली मज़बूती के साथ प्रभावित होगी और उसके अनुसार ही प्रतिक्रिया व्यक्त करेगी तथा आपको अनुकूलतम स्वास्थ्य की अवस्था में क़ायम रखेगी। यदि आप हताश, दुखी, मायूस, एकाकी, पीड़ा या विषाद में हैं तो आपका प्रतिरोधी तंत्र उन भावों को तेज़ी से प्रतिक्रिया देगा और आपकी उदासी को आईना बना लेगा। असल में, आधुनिक खोज दर्शाती है कि हमारे सोच-विचार करने मात्र से ही हमारे शरीर की कोशिकाओं का पुनरुत्पादन प्रति पल प्रभावित होता है। इसके चलते एक दुरूह प्रक्रिया का सरलीकरण होता है, विश्वास कीजिए, क्योंकि यह इस बात को समझने के लिए एक अहम कड़ी है कि हमारा सोचना, अनुभव करना और मानना क्यों इतना सशक्त होता है।

आपका शरीर, मस्तिष्क और धारणाएं

पूरे शरीर के साथ सोचिए।

—ताइसेन देशीमरु

आपके शरीर और मस्तिष्क के बीच एक लगातार द्विपक्षीय संवाद बना रहता है। क्या आपको याद है कि कितनी बार आपने कुछ भयावह विचार किया और उसी समय आपके पेट में टीस का अनुभव उभर आया हो? यही एक प्रकार का सतत संवाद है जो मस्तिष्क और शरीर के बीच चलता है।

ताज़ा शोधों में पता चला है कि केवल आपका मस्तिष्क ही कोशिकाओं से संवाद नहीं करता, आपकी कोशिकाएं भी मस्तिष्क सहित शरीर के अन्य अंगों के साथ निरंतर संवाद करती हैं। वास्तव में, विज्ञान की नवीनतम खोज इस बात का खुलासा करती है कि हम अपने मस्तिष्क से भी अधिक सोचते हैं, हम अपने शरीर से भी सोचते हैं। असल में, आपके पूरे शरीर को महज मस्तिष्क के एक अंग के तौर पर देखा जाना सही नहीं है। यह एक नया और चौंकाने वाला विचार ज़रूर हो सकता है लेकिन इसे ख़ारिज मत कीजिए। कई वैज्ञानिक अब मानते हैं कि हम वस्तुतः एक बॉडीब्रेन यानी "मस्तिष्क-शरीर" हैं।

हमारे शरीर की विलक्षण संवाद प्रणाली के अहम हिस्से में कोशिकाएं शामिल होती हैं। आपके शरीर की प्रत्येक कोशिका में लाखों रिसेप्टर (एक सेल जो प्रकाश, गर्मी, या अन्य बाह्य उत्तेजनाओं का उत्तर देने में सक्षम होता है और एक संवेदी तंत्रिका को संकेत प्रेषित करता है) हो सकते हैं और प्रत्येक कोशिका के पास संभवतः 70 प्रकार के विभिन्न रिसेप्टर होते हैं। 1970 के दशक के आरंभ में, कैंडेस पर्ट, पीएच.डी. पहली ऐसी वैज्ञानिक थीं जिन्होंने अपनी खोज से इन रिसेप्टर का अस्तित्व प्रमाणित किया था।

रिसेप्टर अणु कोशिकाओं की बाहरी तैलीय झिल्ली पर तैरते रहते

हैं और इनकी जड़ें कोशिकाओं में बहुत गहराई तक पहुंचती हैं। अपनी शानदार किताब *द मॉलेक्युल्स ऑफ़ इमोशन* में डॉ. पर्ट कहती हैं कि "एक कोशिका का जीवन इस बात से निर्धारित होता है कि उसकी सतह पर कितने रिसेप्टर हैं। इसमें यह भी पता करना होता है कि कहीं वे रिसेप्टर लिगंड से पीड़ित तो नहीं हैं।" लिगंड एक आयन या अणु होता है जो एक धातु परमाणु से समन्वय संबंधन से जुड़ा होता है। यह अणुकणिका के रूप में होता है जो स्वयं को किसी रिसेप्टर के साथ जोड़कर रखती है।

ये लिगंड तीन रासायनिक प्रकार के होते हैं : न्यूट्रोट्रांसमीटर्स, स्टेराइड्स और तीसरा वह जिसके बारे में हम अभी जान रहे हैं, पेप्टाइड। डॉ. पर्ट के अनुसार, 95 प्रतिशत लिगंड पेप्टाइड प्रकार के होते हैं। डॉ. पर्ट कहती हैं, "रिसेप्टर और उनके लिगंड को 'सूचनात्मक अणुकणिका' के रूप में देखा जाता है। समूचे जैविक तंत्र में कोशिकाओं के लिए एक आधारभूत भाषा का उपयोग किया जाता है, जैसे एंडोक्राइन, न्यूरोलॉजिकल, गेस्ट्रोइन्टेसटिनल और यहां तक कि इम्यून सिस्टम आदि।"

अब हम जानते हैं कि पेप्टाइड का उत्पादन हाइपोथैलेमस में होता है जो कि एक मस्तिष्क के केंद्र में एक अद्‌भुत ग्रंथि होती है। इस तरह के पेप्टाइड की उत्पत्ति का निर्धारण प्राथमिक तौर पर हमारे सोच-विचार करने, अनुभव करने से होता है। हाइपोथैलेमस पेप्टाइड को उत्पन्न करता है जो आपके प्रत्येक भावनात्मक अनुभव जैसे गुस्सा, घृणा, उदासी, निराशा, विषाद, उत्साह, उल्लास, उत्सवधर्मिता और ख़ुशियां आदि की प्रति तैयार करता है।

पेप्टाइड पिट्यूटरी नामक ग्रंथि में गुंथे हुए होते हैं और यहां से वे रक्त प्रवाह में शामिल होते हैं, जहां वे शरीर की सभी बीस से तीस खरब कोशिकाओं तक पहुंचते हैं (औसत आकार के मनुष्य की क़रीब दस हज़ार मानव कोशिकाएं एक पिन के ऊपरी हिस्से पर समा सकती

हैं)। डॉ. पर्ट के अनुसार, पेप्टाइड कोशिकाओं को संक्षिप्त करते हैं और बहुत छोटे फ़िज़ियोलॉजिकल निर्माण करते हैं "जो व्यवहार, शारीरिक गतिविधि, यहां तक कि मिज़ाज आदि में बड़े बदलावों के रूप में बदलता है।" वे बताती हैं, "पेप्टाइड समूची जीवन प्रक्रिया को व्यवहारिक रूप से नियंत्रित करने में अहम भूमिका निभाते हैं।" जब पेप्टाइड रिसेप्टर पर जमा होते हैं, वे समस्त कोशिकाओं की गतिविधियों को अपने नियंत्रण में ले लेते हैं। इसमें अन्य चीज़ें भी शामिल होती हैं। यह निर्देशित हो या ना हो, ये नई कोशिकाओं को विभाजित करके नई का निर्माण भी करते हैं। यह किसी जहाज के कप्तान की भांति होता है जो बोर्ड पर आकर आदेश देना शुरू कर देता है।

व्हाट द ब्लीप डू वी नो!? नामक फ़िल्म में डॉ. जोसेफ़ डिस्पेंजा समझाते हैं कि जब एक नई कोशिका बनती है तो यह हमेशा पुरानी कोशिका का प्रतिरूप नहीं होती *लेकिन एक कोशिका के भीतर ज़रूर कई रिसेप्टर शामिल होते हैं और जो भी पेप्टाइड इसे प्राप्त होंगे, यह उन्हें विभाजित कर देगी।* यदि कोशिका को प्राप्त पेप्टाइड किसी विषाद के अनुभव से उत्पन्न हुए हैं, तो नई कोशिका में और अधिक रिसेप्टर इस विषाद के लिए होंगे तथा अच्छा अनुभव देने वाले रिसेप्टर की संख्या कम होगी।

पुनरुत्पादन, प्रतिस्थापन, प्रगति और मृत कोशिकाओं की नुक़सान की क्षतिपूर्ति के लिए आप कोशिका विभाजन पर निर्भर हैं। एक अनुमान के अनुसार प्रति मिनट 300 खरब कोशिकाएं मृत कोशिकाओं के बदले नई बनती हैं। प्रत्येक दिन, आपकी दो प्रतिशत रक्त कोशिकाएं मर जाती हैं और उनके बदले नई कोशिकाएं पनप जाती हैं। प्रत्येक दो माह में, आपके शरीर में पूरी तरह से नई रक्त आपूर्ति की व्यवस्था बन जाती है। पेप्टाइड, रिसेप्टर की भावनाओं, विचारों में क्या भूमिका है, इसके बारे में हमने अभी तक जो भी जाना है, उसके संबंध में आप घटनाओं की पूरी एक शृंखला देख सकते हैं *कि किस प्रकार आपके सोचने और महसूस करने मात्र से नई कोशिकाएं पनपती हैं।*

यदि एक घंटे के लिए आप अवसाद का अनुभव करते हैं तो इस दौरान आपने क़रीब 18 अरब नई कोशिकाएं उत्पन्न कर ली हैं जिनके लिए और अधिक रिसेप्टर की ज़रूरत हुई होगी। इनमें से कुछ अवसाद के प्रकार वाले पेप्टाइड तो कुछ अच्छे अनुभव वाले पेप्टाइड ले रहे होते हैं। यह ऐसा है कि मानो अरबों की तादाद में रिसेप्टर अपने मुंह के आसपास अपने छोटे-छोटे हाथों से प्याले जैसे नन्हे मेगाफ़ोन बनाकर चिल्लाते हुए कह रहे हों, "और अवसाद भेजो!" संक्षेप में कहें तो उदास विचारों को सोचते रहने से एक ऐसे शरीर का निर्माण होता जाता है जो ख़ुशियों की बजाय उदास विचारों के लिए अधिक सक्षम और अनुकूल है। इतना ही नहीं, यह उदासी भरे विचारों के लिए ज़रूरत भी पैदा करता है और फिर आप इसकी लत के शिकार हो जाते हैं।

आपके शरीर में कुल रिसेप्टर की संख्या कल्पना से भी परे है। वास्तव में, आप स्वयं अपने आप में एक विशाल रिसेप्टर हैं। आप उस एक अवस्था के वशीभूत हो सकते हैं क्योंकि आपका शरीर जो प्राप्त करता आया है, उसकी और अधिक मांग कर रहा है। स्पष्ट रूप से कहें तो इसने अवसाद के लिए अपने भीतर एक भूख विकसित कर ली है। यदि, दूसरी तरफ़, आपकी निजी धारणाओं से आप ख़ुश रह पाते हैं तो आपके रिसेप्टर ऐसे शरीर का निर्माण कर रहे हैं जो ख़ुशियों का अनुभव करने में अधिक सक्षम है - और यह ख़ुशी को महसूस करना चाहता है।

जितना अधिक आप किसी भी प्रकार की भावना या व्यवहार में संलग्न होंगे, इसके लिए आपकी इच्छा उतनी ही प्रबल होगी।

यह अवसाद और सभी प्रकार की भावनाओं की लत जैसे गुस्सा या ख़ुशी किसी भी अवस्था के लिए सच है। उदाहरण के लिए हम गुस्से के प्रति वशीभूत हो जाते हैं, हम पर साइकोलॉजिकल और

फ़िज़ियोलॉजिकल प्रभाव पड़ता है। यह एड्रेलिन नामक शक्तिशाली हार्मोन स्रावित करता है। इससे मिलने वाली उत्तेजना के कारण हम वास्तव में गुस्से के भाव पर निर्भर हो जाते हैं, लिहाजा हम अपने परिजनों, पति, पत्नी, दोस्तों, सहकर्मियों या किसी भी अन्य व्यक्ति से लड़ाई-झगड़ा करने लग जाते हैं।

इस बात से फ़र्क़ नहीं पड़ता कि आपकी इच्छा किसी भाव के लिए है, जैसे-उत्तेजना, गुस्सा, अवसाद या उल्लास अथवा यह इच्छा आपको ड्रग्स या अल्कोहल का सेवन करने से हो रही है। ज़मीनी बात यही है कि आप जो भी लालसा करते हैं, वह आपके बॉडीब्रेन की चाह और मांग का ही परिणाम है।

किस तरह आपके विचार और भावनाएं कोशिकाओं का निर्माण और संचालन करते हैं और किस प्रकार आपकी कोशिकाएं संवाद करती हैं, इसके बारे में सूचना का प्रभाव काफ़ी चौंकाने वाला है। इसके बारे में सोचिए। आज पूरे दिन आपकी कोशिकाओं के रिसेप्टर ने बाक़ी शरीर को क्या संदेश दिया?

ख़ुशियों के प्रति ग्रहणशील होना

आपके मन को वश में करने में ही सबसे बड़ी महानता है।

—अतिशा

आप जो सोचते हैं और महसूस करते हैं उससे आप जो विचार निर्मित करते हैं, वह वास्तव में बहुत अच्छी बात है। अब जबकि आप जानते हैं कि किस तरह आपका तंत्र काम करता है, आप अपनी भावनाओं और विचारों का उपयोग ऐसे शरीर के निर्माण के लिए कर सकते हैं जो अच्छी व शुभ अवस्था के लिए अधिक ग्रहणशील हो। ऐसा करने का केवल एक ही उपाय है - वह है अच्छा महसूस करना। *ख़ुशियों के*

प्रति अधिक संवेदनशील और दुख के प्रति कम ग्रहणशील शरीर निर्मित करने का यही तरीक़ा है कि ख़ुश रहा जाए।

उचित धारणा को रखने का महत्त्व इस तथ्य पर भी आधारित है कि आपके मस्तिष्क का एक हिस्सा एक काल्पनिक अनुभव और वास्तविक अनुभव के बीच के अंतर को नहीं बता सकता। कुछ लोग जो ब्लैक बोर्ड पर चॉक रगड़ने से होने वाली आवाज़ को सुनने की कल्पना करते हैं तो उनकी रीढ़ में सिहरन दौड़ जाती है। दूसरों के लिए, नींबू के स्वाद के बारे में सोचने पर ही उनके मुंह में पानी आने लगता है। सपने एक और बेहतर उदाहरण हैं। जब सपने में होने वाली घटनाएं आपको डराती हैं, आप इस तरह भयभीत हो जाते हैं मानो वे घटनाएं आपके साथ होशोहवास में जाग्रत अवस्था में वास्तव में हो रही हों।

जब हार्वर्ड यूनिवर्सिटी के शोधार्थियों ने एक ब्रेन स्कैनर का उपयोग करते हुए विषयों को परखा तो उन्होंने पाया कि एक वृक्ष की तस्वीर देखने और वृक्ष की कल्पना करने की घटना मस्तिष्क में एक ही बिंदु से, एक ही स्थान से गतिशील हुई। इसी तरह, जब आप किसी ऐसी स्थिति के बारे में कल्पना करते हैं जिसे आप अनुभव कर रहे हैं, ठीक की जा सकती है तो आपके भौतिक शरीर में प्रत्येक चीज़, आपका प्रतिरोधक तंत्र, आपका मन, हर चीज़ पूरी तरह से हीलिंग यानी निदान की ऊर्जा के साथ प्रतिक्रिया देने लगता है। इसमें एक प्रेरक गति होती है जो उपचार को हां कहती है।

आपका मन शक्तिशाली है। आपने सुना ही होगा, "आप जिसका ध्यान कर सकते हो, उसे आप हासिल कर सकते हो।" अथवा, जैसा हेनरी फ़ोर्ड ने एक बार कहा था, "चाहे आप विश्वास करें कि आप कर सकते हैं या आप नहीं कर सकते, आप सही हैं!" अगर आप मानते हैं कि एक लक्ष्य संभव है, आप उसे प्राप्त करने के लिए पूरी तरह से जुट जाएंगे। यदि आप मानते हैं कि लक्ष्य असंभव है, आप उसकी शुरुआत करने में भी असफल हो जाएंगे। इस मनोदशा में, यदि मदद

का हाथ भी कोई बढ़ाए तो अक्सर आप उसे ख़ारिज कर देते हैं क्योंकि आप अभी भी मानते हैं कि लक्ष्य तो हासिल ही नहीं किया जा सकता।

सात साल पहले, गुंडों ने क़रीब तीस साल के व्यक्ति को जख़्मी कर दिया था। उन्होंने उसकी बांहें चाकू से काट दीं और उसके कंधे से लेकर कोहनी तक हड्डी काट दी। नसें, हड्डी के जोड़, धमनियां, मांसपेशियां, शिराएं और तंत्रिकाएं तक हर चीज़ काट-छांटकर अलग कर दी गई थी। घाव भरने के बाद भी कई वर्षों तक उसे बांहों और कंधों में तीव्र दर्द महसूस होता रहा। उसने डॉक्टरों से इस दर्द का इलाज चाहा तो उसके डॉक्टर ने उसे विकोडिन लेने को कहा। इससे दवा लेने के बाद दर्द बंद तो हो जाता लेकिन इसका असर घटते ही वापस लौट आता। इसलिए उसने इस दवा को लेना जारी रखा।

परिणामस्वरूप वह इसका आदी हो गया। चूंकि वह विकोडिन का ही आदी नहीं बने रहना चाहता था, उसने कई न्यूरोसर्जन और मनोचिकित्सकों से सहायता मांगी। तीन साल की अवधि में बिना राहत पाए वह पंद्रह न्यूरोसर्जन से मिला। सबसे आख़िरी सर्जन ने उसे कहा, "बेटा, तुम्हें न्यूरोपैथी (तंत्रिका विकृति) है। तुम्हारी बांह की नसें छिन्न-भिन्न होकर बिगड़ चुकी हैं और इसके चलते अब तुम्हें जीवन भर दर्द रहेगा। मैं तुम्हें सुझाव देता हूं कि तुम दर्द प्रबंधन क्लीनिक पर जाओ।" यह सुनकर वह आदमी स्तब्ध रह गया लेकिन उसने इस पर यक़ीन नहीं किया कि उसे राहत नहीं मिल सकेगी।

कोई तीन वर्ष पहले उसने मालिबु, कैलिफ़ोर्निया स्थित एडिक्शन क्योर सेंटर पैसेजेस से संपर्क किया। इस सेंटर का मैं सह-संस्थापक रहा हूं, मैंने वहां उसकी समस्या सुनी। मैंने उसे हमारे शारीरिक पुनर्वास कार्यक्रम और पुनर्वास केंद्र की निदेशक डॉक्टर लिन हमागुची के बारे में बताया जो एक्युपंक्चर, एक्युप्रेशर जैसी विधाओं में दक्ष हैं और चीन मूल की पारंपरिक चीनी दवाओं की जानकार व हीलिंग चिकित्सक हैं। मैंने उसे पैसेजेस आने के लिए प्रोत्साहित किया और उसे उन सभी

एक्युपंक्चर, एक्युप्रेशर की सुविधाओं के बारे में बताया जिनकी मदद से डॉक्टर लिन वहां मरीजों का उपचार करती हैं।

मैंने उससे कहा कि कई न्यूरोसर्जन द्वारा अभी तक जो भी कहा गया है उसे जानने के बावजूद यदि वे इतना भी नहीं करेंगी तो बहुत आश्चर्य होगा। उसने मेरा विश्वास किया और हमारे कार्यक्रम में भाग लेने के लिए नाम लिखा दिया। एक बैठक में ही डॉक्टर हमागुची ने उसका बहुत सारा दर्द मिटा दिया। फिर उसे अपनी विकोडिन की लत से उबरना आसान लगने लगा क्योंकि उसे दर्द से उबरने के लिए इसकी लंबे समय से ज़रूरत नहीं पड़ रही थी। एक्युपंक्चर के अलावा उसके इलाज के लिए बहुत कुछ किया गया। उसे मनोवैज्ञानिक रूप से नुक़सान की उस पीड़ा पर भी क़ाबू पाना था जो उसने इलाज की तलाश में तीन साल तक महसूस की थी और उसे अब उस ख़ौफ़नाक हमले की याद ताज़ा हो आई थी तथा अब उसके भीतर हमलावरों के प्रति गुस्सा भी था।

क्या आप कल्पना कर सकते हैं कि शुरुआत में डॉक्टरों ने उससे जो भी कहा था, यदि उसने वह सब मान लिया होता और हताश हो गया होता? वह इलाज की खोज में नहीं जाता और अभी तक अपने दर्द से जूझ रहा होता। वह अभी तक विकोडिन या ऐसी ही किसी अन्य दवा के फेर में पड़ा रहता। आज वह किसी भी तरह की दवा की लत से पूरी तरह मुक्त है।

योग्य साथी

भले ही यह पीड़ामय और एकाकी हो लेकिन योग्य साथियों के साथ जुड़े रहो।

—दोगेन

आप जीवन में जो भी हासिल करने की कोशिश में हैं, यह ज़रूरी है

कि आप अपने इर्द गिर्द ऐसे लोगों को रखें जो आपकी खोज, आपके प्रयासों पर विश्वास करें और ये जताएं कि आप जो भी पाना चाहते हैं वह न केवल संभव है बल्कि बहुत संभावित भी है। मैं और मेरा बेटा, पैसेजेस एडिक्शन क्योर सेंटर के सह-संस्थापक और सह-निदेशक हैं, जिसके बारे में मैंने पहले बताया था। इस सेंटर पर सफलता का अनुपात हमारी जानकारी में किसी अन्य सेंटर या कार्यक्रम की तुलना में अधिक है और हमने तीन चरणों का एक समग्र कार्यक्रम बनाया है, जिस पर लोग स्वास्थ्य के क्षेत्र में काम करने वाले लोगों के साथ जुड़कर स्वयं अमल कर सकते हैं। इनमें से एक क़दम पूरी तरह से मन और धारणाओं की शक्ति पर काम करता है। यह क़दम उन लोगों के सफल होने के लिए बेहद ज़रूरी है जो हमारे सेंटर पर आकर कार्यक्रम में हिस्सा लेते हैं।

जिस घड़ी कोई मरीज हमारे यहां दरवाज़े पर आता है, मैं और मेरे चिकित्सकों की टीम के जेहन में यह बात बिलकुल स्पष्ट रहती है कि वह हमारे यहां से एक संपूर्ण संतुलित अवस्था, संपूर्ण स्वास्थ्य और नए सिरे से जीवन के आनंद के प्रति भरकर लौटेगा। हमारा अनुभव कहता है कि मरीज का रवैया ज्यादा महत्त्वपूर्ण है लेकिन हीलर्स और चिकित्सकों का रवैया भी मायने रखता है। वे प्रैक्टिसनर्स जो ये नहीं मानते हैं कि इलाज संभव है, वे इलाज के बारे में बात नहीं करेंगे, उसके लिए आगे नहीं आएंगे और यथासंभव इलाज करने में विफल हो जाएंगे। इससे भी बदतर ये होगा कि वे अपने मरीजों के दिमाग़ में इस मान्यता का ज़हर भर दें कि इलाज असंभव है और वे आजीवन रूप से अब लत या अल्कोहल की गिरफ़्त में रहने को अभिशप्त हैं।

इस धारणा के परिणामस्वरूप मरीज का आत्मबल पराजित हो जाता है और ऐसी सोच पैदा कर लेता है कि वह इलाज के संभावित लाभों से वंचित रह जाता है। इस विषाक्त धारणा का एकमात्र सकारात्मक प्रभाव तब होता जब कोई गुस्सा होता, अनर्गल बोलता या

उस धारणा को स्वीकारने से इनकार कर देता और चिकित्सकों को ग़लत साबित करने के लिए आगे आता है।

क्या आप सचमुच अपनी ओर से किसी रोग के निदान की पूरी कोशिश करते यदि आपने मान लिया होता कि आप सुधार की सारी उम्मीदें छोड़ चुके हैं? यदि कोई चिकित्सक इसे मानता तो उससे आप किस तरह के सक्षम इलाज की उम्मीद करते? यदि आप मनोवैज्ञानिक, मनोचिकित्सक, ड्रग्स या अल्कोहल परामर्शदाता से घिरे होते जो "एक बार अल्कोहल के व्यसन में घिरे तो हमेशा के लिए अल्कोहल के व्यसन में घिरे" की उक्ति को मानने वाले होते और उनका मानना होता कि पुनर्वास केंद्र में आपकी मौजूदगी ऐसे अनेक में से एक व्यक्ति की है, तो आपका दिल-दिमाग़ किस तरह से प्रतिक्रिया करता?

आप तत्काल ही उम्मीद छोड़ चुके होते। यह दुखद है, क्योंकि इलाज के लिए उम्मीद, सामान्य जीवन जीने की ओर लौटने की उम्मीद, स्वस्थ और चुनौतियों से मुक्त जीवन जीने की उम्मीद संपूर्ण सुधार के लिए आख़िरकार सबसे सशक्त प्रोत्साहन है।

भ्रमित हीलर्स और उन अन्य हीलर्स, थैरेपिस्ट की तुलना कीजिए जो मानते हैं कि इलाज संभव है। वे इलाज के बारे में चर्चा करेंगे, इलाज के लिए खोज करेंगे और उपचार हासिल करने को लेकर हमेशा अग्रसर रहेंगे। सबसे ख़ास बात ये है कि वे अपने मरीजों को राज़ी कर देंगे कि इलाज ना केवल संभव है बल्कि संभावित है और उनके मरीज निश्चित ही उन लोगों में शामिल होने वाले हैं जो पूरी तरह से स्वस्थ हो चुके हैं। यह विश्वास अकेला ही परिणामस्वरूप आत्मबल और सशक्त दृष्टिकोण लाएगा जो सुधार के लिए पृष्ठभूमि तैयार करेगा। हमारे थैरेपिस्ट की टीम का प्रत्येक सदस्य हर मरीज के संपूर्ण इलाज के लिए पूरी तरह से एक दृष्टि रखता है और मैं मानता हूं कि हमारी सफलता के अनुपात में यही बात अहम भूमिका निभाती है।

एक लत के इलाज का पिछला उदाहरण जीवन के किसी भी या

सभी क्षेत्रों में भी लागू किया जा सकता है। यदि आप ऐसे लोगों से घिरे हुए हैं जो ना केवल आपके लक्ष्यों व जीवन के प्रति सकारात्मक दृष्टिकोण को लेकर अविश्वास से भरे हैं, बल्कि लगातार कोशिशें करके आपको हतोत्साहित भी करते हैं। यह आपके लिए बेहद चुनौतीपूर्ण होगा कि मन में दृढ़ता बनाए रखें और सोचें कि आप सफल व ख़ुश होंगे।

आप अपने जीवन के दायरे में किसे शामिल करते हैं, इस बात का आपके जीवन की गुणवत्ता पर फ़र्क़ पड़ेगा। जैसा कि बुद्ध ने सिखाया, "मूर्खों की संगत में रहने वाला लंबे समय तक कष्ट भोगता है। मूर्खों की संगत... सदैव पीड़ामयी होती है, ज्ञानी की संगत आनंददायक होती है।"

6

सृष्टि में सत्य क्या है

चीज़ों की प्रकृति

का पालन करो, और

आप बिना विचलित हुए मुक्त होकर

चहलक़दमी कर सकोगे।

—सेन-टिआ'जन

6 | सृष्टि में सत्य क्या है

प्राचीन संत प्रकृति पर ध्यान देते थे ताकि वे दिखा सकें कि किस प्रकार प्रसन्नता भरा जीवन जिया जाता है। उन्होंने सिखाया कि प्रकृति के साथ एकात्मता और अस्तित्व के साथ सामंजस्य होकर जीने में ही आंतरिक शांति का द्वार है। प्रकृति को समझने और सृष्टि के नियमों की सहायता से आपको अपने स्वयं के मूल स्वभाव को समझने में सहायता मिल सकती है। जीवन के चक्र के साथ गति करते जाइए और आप खुशियों के लक्ष्य को प्राप्त कर लेंगे।

इस अध्याय में, आप जानेंगे कि स्वयं के लिए एक निजी दर्शन को कैसे निर्मित किया जाए जो इस विचार पर आधारित हो कि सृष्टि में सत्य क्या है। इसीलिए यह कार्य करेगा। उस दर्शन के आधार पर आचरण करने से ख़ुशियों का सृजन होगा। यह नियम हर बार बिना किसी अपवाद के काम करता है।

भविष्य आपको कुछ अज्ञेय, अनिश्चित, अनिर्धारित और शायद डरावना या आशाहीन मालूम पड़ता होगा, मानो कि आप एक बग्घी में

बैठे हैं जिसे घोड़ों का झुंड तेज़ गति से खींच रहा है और उन पर कोई नियंत्रण नहीं है। आपको कुछ पता नहीं कि यदि वे घोड़े आपकी बग्घी को पलट दें और आपको मैदान में गिरा दें या किसी चट्टान पर चढ़ाई कर दें, राह भूल जाएं या आपको गंतव्य तक पहुंचा दें।

बिना यह जाने कि उनको कैसे नियंत्रित किया जाए, संचालित किया जाए या रोका जाए, आप भयभीत हो सकते हैं। लेकिन एक बार आप जान जाते हैं कि किस तरह घोड़ों को लगाम खींचकर रोकना है और क़ाबू में रखना है, वे आपके निर्देशों का पालन करेंगे और आपको वहां ले जाएंगे जहां आप जाना चाहते हैं। आप राहत और आत्मविश्वास महसूस करेंगे क्योंकि आप जानते हैं कि आपकी यात्रा नियंत्रण में है। इसी तरह जीवन चलता है जब आपका अपना दर्शन इस सृष्टि के सत्य पर आधारित हो, आप जानते हों कि आपकी चाही गई परिस्थितियों को लाने के लिए क्या काम करना है और आख़िर में आप निराश नहीं होंगे।

यदि आप इन प्राकृतिक नियमों से पहले अवगत नहीं रहे हैं तो चिंता मत कीजिए। एक बार आप जीवन में एक प्रकार का दर्शन समाहित करना शुरू करते हैं तो वह सार्वभौमिक नियमों के अनुरूप होता है। तब आपका जीवन आपको ऐसे आनंद भरे पल देगा कि आप खिल उठेंगे। यह ऐसा ही होगा जैसे मान लें आपने पूरा जीवन एक कार को रिवर्स करने में बिताया और अचानक आप पाते हैं कि कार में ऐसे गियर्स भी हैं जिनसे कार आगे की ओर तेज़ गति से बढ़ सकती है!

इसे समझने के लिए कि संसार कैसे काम करता है, इसके आधारभूत स्वभाव की समझ तक आना बेहद ज़रूरी है। पूर्व के संतों ने इस सृष्टि के साथ सामंजस्य से जीना सीखा और महसूस किया कि हम इस विराट संसार के अभिन्न और अविभाज्य अंग हैं। उसी प्रकार जिस प्रकार तारे, समुद्र, पहाड़, विशाल आकाशगंगाएं, जो भी सृष्टि में हैं और इनके अलावा जो भी वजूद में हैं। ठीक उसी प्रकार जैसे हमारे

हाथ हमारा हिस्सा हैं, हम इस सृष्टि का हिस्सा हैं। सृष्टि हर चीज़ के प्रति सजग है क्योंकि हम इसका अंग हैं।

प्रत्येक चीज़ का निर्माण ऊर्जा की समान धारा से हुआ है और प्रत्येक वस्तु जिस प्रकार दिखाई देती है उसके अंतर के अलावा, यह एक समान ही है। आप इसकी तुलना उस पानी से कर सकते हैं जो अरबों-खरबों विभिन्न आकारों में जमा हुआ है। चूंकि आकार भी अलग-अलग नज़र आते हैं, वे सभी पानी से निर्मित हुए हैं।

पृथकता एक भ्रम है।

उन्नीसवीं सदी के भारतीय अध्यात्मिक पुरुष स्वामी विवेकानंद ने इस बात को अपनी पुस्तक *ज्ञान-योगा* में व्यक्त किया है। "एक ही जीवन है, एक ही विश्व है, एक ही अस्तित्व है। प्रत्येक चीज़ एक ही है... समुद्र और लहर के बीच वास्तविक अंतर का कौन पता लगा सकता है?" हालांकि, "समूची सृष्टि वही एक अस्तित्व है," वे कहते हैं, "नाम और ढंग के कारण ही ये सारे भेद पैदा हुए हैं।" इसी प्रकार बौद्ध ग्रंथ *बारदो थोदोल* (जो मृत्यु के बारे में तिब्बती किताब के तौर पर अधिक ख्यात है) बताता है कि हमारा मन ही पृथक्करण के भ्रम का सृजन करता है और हमारा मन ही हमें इससे मुक्त भी कर सकता है। "पृथक्करण एक असत्य है... मन की अवस्था सभी प्रकार के द्वैत के परे जाती है और इससे मुक्ति प्राप्त होती है। इसलिए, बार-बार अपने मन में झांककर देखो।"

आज से क़रीब ढाई हज़ार साल पहले चीनी दार्शनिक लाओत्जु ने भी अपनी बेमिसाल प्राचीन पुस्तक *ताओ ते चिंग* में इसी सत्य के बारे में उल्लेख किया है। "अस्तित्व का वर्णन करना शब्दों की सामर्थ्य के बाहर है... चाहे कोई व्यक्ति उदास होकर जीवन के केंद्र की ओर देखे या वह बहुत जतन से सतह को देखे, केंद्र और सतह आवश्यक रूप से समान रहेंगे, शब्द उन्हें अलग-अलग ज़रूर बना देते हैं लेकिन

इसका प्रयोजन केवल मौजूदगी दिखाना है। यदि नाम की दरकार हुई तो आश्चर्य दोनों के नाम रख देगा। इसके चलते हैरत से सृष्टि के आश्चर्य के द्वार खुलते हैं।"

आपका निजी फ़लसफ़ा

> *अस्तित्व के सारभूत स्वभाव से देखने पर संबोधि का द्वार खुलता है।*
>
> —हाकुन यासुतानी रोशी

हमारे जन्म से पहले भी यह संसार, यह ग्रह पृथ्वी अस्तित्व में था। और तब नियम, सार्वभौमिक नियम भी अस्तित्व में थे जिनसे पृथ्वी पर और इसके भीतर की प्रत्येक वस्तु संचालित थी। हमारे जन्म से पहले ही ये नियम सक्रिय थे, चलायमान थे और हमारे जीवनकाल के दौरान व इसके बाद भी ये नियम कायम रहेंगे।

एक बार इस व्यवस्था में हमारे जन्मने के बाद ये नियम स्वतः हमसे अवगत होते गए। यदि हम सोचते कि हम किसी पेड़ पर चल सकते हैं और ऐसा करने का प्रयास भी किया तो हमें तुरंत पता चल गया कि हम ऐसा नहीं कर सकते। अगर हमने सोचा कि हम पक्षियों की भांति उड़ सकते हैं और ऐसा सोचकर यदि हमने किसी ऊंचे स्थान से छलांग लगाई तो हमें तुरंत अहसास हो गया था कि हम ऐसा नहीं कर सकते। अगर हमने सोचा होता कि हम डरा-धमकाकर दोस्त बना लेंगे तो हमें उसी समय पता चल गया था कि यह उपाय काम नहीं करेगा। डराने-धमकाने से तो लोगों ने हमें नापसंद किया या हमने पाया कि किसी दूसरे व्यक्ति ने ये हथकंडे आजमाए तो उसे इस कारण कितना नापसंद किया गया। यदि हमने किसी के लिए कुछ अच्छा किया, तो हमने पाया कि इस पर हमें सराहना मिली और इसी तरह हमने दोस्त बनाए।

सार्वभौमिक नियम मनुष्य द्वारा गढ़े गए नियमों की तरह नहीं हैं, उन्हें तोड़ा नहीं जा सकता। यह हमारे लिए सौभाग्य की बात है क्योंकि हम उन पर निर्भर हो सकते हैं और निराश नहीं हो सकते। पूर्व में उल्लेख किया गया, ऐसा ही एक नियम है, कार्य एवं कारण का नियम : *"प्रत्येक क्रिया की प्रतिक्रिया होती है और प्रतिक्रिया हमेशा क्रिया के अनुसार ही होती है।"* किसी तालाब में एक पत्थर फेंककर देखिए और इससे लहरें बन जाएंगी, यह हर बार होगा। जितना बड़ा पत्थर होगा, उतनी बड़ी लहर बनेगी। यदि आप आम के फल का बीज बोते हैं तो आपको बबूल का नहीं, आम का ही वृक्ष मिलेगा। यदि आप ज़्यादा खाएंगे तो आप मोटे हो जाएंगे। यदि आप तुच्छ व्यक्ति हैं तो आपके पास दोस्त कम रहेंगे। यदि आप स्वयं की देखभाल करने में असफल रहेंगे तो आप बीमार पड़ जाएंगे। अंततः, आप जो अनुभव करते हैं, उसके परिणामस्वरूप सच्चाई आपको स्वयं को ज्ञात हो जाएगी।

यदि आप अधिकतर समय ख़ुश नहीं रहते हैं, तो इसका अर्थ ये हुआ कि आप किसी बात के भरोसे हैं जिसके बारे में आपने सोच रखा है कि उसे आपको ख़ुश करना चाहिए पर ऐसा हो नहीं पा रहा है। या फिर, आपके जीवन में कोई ऐसी स्थिति है जिसकी वजह से आप नाख़ुश महसूस कर रहे हैं। यह स्थिति स्पष्ट और सहज रूप से आपकी उदास रहने की आदत हो सकती है। ये सच है। हममें से कुछ लंबे समय से दुखी रहते आए होंगे, इस बीच ख़ुशियों के बहुत ही कम पल आए होंगे कि दुख अब एक तरह से हमारी आदत बन चुका है। एक प्राकृतिक स्थिति बन गया है। कार्य और कारण के नियम पर आधारित, यदि आप प्रसन्नता के कारण सत्य की तलाश कर सकते हैं तो आप उस कारण को पूरी निश्चितता के साथ अपने काम पर भी रख सकते हैं। ख़ुश रहिए। महत्त्वपूर्ण बात ये है कि यदि आप अपनी अप्रसन्नता का कारण तलाश सकते हैं तो आप ऐसी स्थितियों को नज़रअंदाज़ करने के तरीक़े भी सीख सकते हैं।

संक्षेप में कहें तो यदि आपका निजी दर्शन सार्वभौमिक नियमों के अनुसार नहीं है तो ख़ुश रहने के आपके प्रयास फिर सफल होना कैसे संभव होंगे? एक बेतुका उदाहरण लिया जाए, यदि आपने माना होता कि सिरदर्द से निजात पाने का उपाय हथौड़े से बार-बार प्रहार करके सिर को फोड़ देना ही होता तो जल्द ही आपको पता चल गया होता कि आपने जो भी माना है वह सार्वभौमिक नियमों के अनुसार काम नहीं करता है।

चूंकि आपकी धारणा कल्पना पर आधारित थी और यह सार्वभौमिक नियम के अनुरूप नहीं थी, ऐसे में ना केवल आपके प्रयास विफल होते बल्कि आप अपने ऊपर अधिक चोटें ले आते जो कि मामले को सुलझाने की बजाय और उलझा देता। जिस प्रकार आप किसी लक्ष्य को पाने के लिए ग़लत दिशा में प्रयास करेंगे तो आप उसे हासिल करने में असफल हो जाएंगे, उसी प्रकार यदि आप ग़लत दिशा में जाएंगे तो आप प्रसन्नता को पाने में भी असफल हो जाएंगे।

संसार में सत्य क्या है, इस पर आधारित निजी दर्शन आपको जीवन में घटने वाली हर घटना के दौरान बनाए रखने का काम करेगा।

यह आपको निर्णय लेने के महंगी खामियों, मायूसी और पीड़ा वाले अनगिनत घंटों से बचाएगा। यह आपको उन सभी घटनाओं को इस रूप में देखने में मदद करेगा जिन पर आप हफ़्तों, महीनों, यहां तक कि वर्षों से खेद जता रहे थे, वे असल में आपके साथ घटी श्रेष्ठ घटनाएं थीं।

अभिशाप या आशीर्वाद?

एक संत प्रत्येक चीज़ को एक समग्र लयबद्धता के रूप में मिलाकर देखता है। वह संशयों, धुंधलेपन को लेकर असावधान है और प्रतिष्ठित व शिष्ट को बराबर से देखता है।

—चुआंग ज़ू

जीवन की प्रत्येक घटना, पीड़ा भरे अनुभव भी, मूल रूप से आपको केवल दो प्रकार के विकल्प देते हैं : या तो आप इन्हें कोस सकते हैं और इसे "दुर्घटना" कह सकते हैं या आप इन्हें "ख़ुशक़िस्मती" कह सकते हैं। मैंने पाया है कि इन दो में से सदा एक ही चुनाव सामने होता है जो हमें ख़ुशियां प्रदान कर सकता है और हमें दूसरों को प्रसन्नता प्रदान करने में मदद कर सकता है। मैंने अभी तक यही समझा है कि बुरी घटनाएं यूं नहीं घटतीं। यह मुझे बेहद अजीब रूप से घर लाया था जब एक दिन मैंने ख़ुद को एक गहरी संकरी घाटी के तल में कीचड़ में मुंह के बल लेटा पाया।

मेरा बेटा पैक्स और मैं किसी लैंडस्केप प्रोजेक्ट के लिए चट्टानों के टुकड़े जुटा रहे थे। हम मालिबु में एक घाटी से गुज़र रहे थे तभी मेरी नज़र एक दिलचस्प चट्टान पर पड़ी, जो घाटी से आठ या नौ इंच ऊपर कोने पर टिकी हुई थी। मैं ट्रक से बाहर निकला और देखा कि वह चट्टानों क़रीब 20 इंच लंबी थी और नाले के एक तरफ़ स्थित थी। घाटी क़रीब 35 फ़ीट गहरी थी। चट्टान को थामकर, मैंने चढ़ना शुरू किया और अंदरूनी दीवार की तरफ़ एक जगह किक मारी ताकि मैं चट्टान के भीतर जा सकूं और उसे धकेल सकूं। मैंने ताई ची के जूते पहन रखे थे जिसके तले नरम कपास के बने थे और जहां मैंने पैर रखा था उस जगह सुबह की ओस के बाद अभी भी धूल में नमी थी।

उस चट्टान का वज़न सौ पौंड से भी अधिक था लेकिन मैंने

किसी तरह उसे वहां से हटा ही दिया। फिर मैंने उसे उठाया और तब तक धकेलता रहा जब तक कि इसका ठीक संतुलन नहीं बन गया। रोड पर लाकर इसे पटकने की तैयारी में मेरे पैर फिसल गए। मैं फिसलकर सीधा घाटी के तले में जा गिरा, तब भी मैंने घाटी पर ख़ुद के फैले हुए हाथ टिका रखे थे और इसी के चलते स्वयं को सहारा दिए हुए खड़ा था। मुझे ये नहीं पता था कि चट्टान सड़क पर नहीं गिरी है बल्कि घाटी के भीतर जाते हुए इसके त्रिकोणीय आकार के कारण हवा में रुक गई थी।

चट्टान के सपाट हिस्से से मेरे सिर पर चोट लगी। इस धक्के बाद मैं ज़मीन पर गिर पड़ा और मेरे बाएं हाथ की दो हड्डियां टूट गईं, तेज़ धक्के से नीचे गिरने पर मेरे घुटने बुरी तरह छिल गए। मेरा चेहरा कीचड़ में लथपथ हो गया था। मैं ना ही सांस ले पा रहा था, ना ही हिल पा रहा था क्योंकि मेरी रीढ़ दब गई थी और मुझे लक़वा मार गया था।

अब, आपको क्या लगता है कि मेरे मन में तब क्या चल रहा था जब मैं कीचड़ में गिरा हुआ था, लक़वाग्रस्त और सांस लेने में असहाय था? इससे पहले कि मैं कुछ कहूं, मुझे समय में पीछे जाना होगा ताकि मेरा जवाब आपके लिए अर्थपूर्ण बन सके और आप इसे समझ सकें कि दर्शन से मेरा क्या आशय होता है जो कि संसार के सत्य पर आधारित होता है।

जब मैं अपनी किशोरावस्था में था और बीस साल का होने वाला था, तब मेरे जीवन में नैतिक संहिता जैसी कोई चीज़ नहीं थी। मेरी मां, बीया, वर्ष 1900 में न्यूयॉर्क में एक ग़रीब जर्मन परिवार में जन्मी थी। जब वह 15 साल की हुईं तो वह दुष्कर्म का शिकार हुईं और इसके चलते गर्भवती हो गईं। उस बूढ़े आदमी को मेरी मां के साथ शादी करने पर विवश किया गया और इस तरह नारकीय जीवन की बुनियाद रखी गई। उसने मेरी मां के साथ जो किया, उसके कारण मां उससे नफ़रत

करती थीं। वहीं वह भी मेरी मां से नफ़रत करता था क्योंकि वह तुरंत ही बहुत कठोर हो गई थीं और उससे स्वयं की रक्षा करने के लिए सख़्त हो गई थीं जो कि अनिवार्य था।

अपनी शादी के शुरुआती दो वर्षों में उन्होंने शर्ट के बटन टांककर थोड़े बहुत पैसे कमाए। तीन साल बाद, उन्होंने उसे तलाक़ दे दिया लेकिन तब तक वह पूरी तरह से कठोर बन चुकी थीं और वे अपराध भरे जीवन की ओर मुड़ गईं। कुछ वर्षों के भीतर वे न्यूजर्सी में कार चोरों की गैंग की अगुवाई कर रही थीं और ठगों की एक टीम उनके लिए न्यूयॉर्क में काम करती थी। जब उन पर बैन लगाया गया तो वह शराब की तस्कर बन गईं और स्थानीय क्लबों में शराब पहुंचाने लगीं।

बाद में जब मैं पैदा हुआ, उन्होंने मुझे उसी तरह पाला जो एकमात्र रास्ता उन्हें सुझाई दिया - उनकी तरह बनने जैसा। उन्होंने हमेशा ज़ोर दिया कि मैं उन्हें मॉम या मदर की बजाय बीया ही कहकर पुकारूं। पहला नियम उन्होंने मुझे तब सिखाया जब मैं कोई साढ़े तीन साल का था। यह था, "कभी सच मत बोलो" वे कहतीं, "केवल मूर्ख सच बोलते हैं। अगर तुम ऐसा करते हो तो इससे तुम केवल मुसीबत में ही घिरोगे।" उनका सिद्धांत था, "जब एक अच्छा झूठ पर्याप्त है तो सच कभी मत बोलो।" लिहाजा मैंने भी झूठ बोले, चोरी की, झांसा दिया और ये सब करके मुझे बहुत सराहना मिली।

जब मैं चार साल का था तब उन्होंने मुझे दुकानों से सामान चोरी करना सिखाया। यह उनके प्रिय कामों में से एक था। उन्होंने मुझे ये भी कहा कि किसी पर भरोसा नहीं किया जा सकता, विशेषकर महिलाओं का। उन्होंने मुझे सिखाया कि अधिकारियों का सम्मान ना किया जाए। नियमों के संबंध में वे समझाया करती थीं कि, "ख़ास नियम यही है कि स्वर्णिम नियम को छोड़कर कोई नियम नहीं है।" यह नियम था,

"नियम वे ही बनाते हैं जिनके पास सोना है।" जब मैं थोड़ा बड़ा हुआ, तो मेरे कारोबारी सौदे हमेशा सुरक्षित थे।

सौभाग्य से, मैं एक लालची पाठक था और मैंने सैकड़ों की संख्या में किताबें पढ़ीं। मैंने जीवन जीने का एक अलग ढंग चुना। जब मैं पच्चीसवें वर्ष में पहुंचा, मैंने किताबों को पढ़कर ये महसूस किया कि बीया, बेहतरीन महिला, जिन्हें मैं बहुत प्रेम करता था, अभी तक मुझे 180 डिग्री की ग़लत दिशा में निर्देशित करते हुए ले जाए जा रही थीं। मैं एक ऐसे रास्ते पर था जो मुझे और मेरे इर्द गिर्द सभी लोगों को सीधे दुख की ओर ले जा रहा था। पहले तो यह देखना कठिन मालूम पड़ता था क्योंकि वह बहुत सफल थीं और राजनीतिक सत्ता में भी छोटा-मोटा दख़ल रखती थीं। इसके अलावा, बीया, एक उदार और मज़ाक़िया मिज़ाज वाली महिला भी थीं। मैं स्वयं सफल था, हालांकि मैंने अपनी सफलता धोखाधड़ी और झांसे से हासिल की थी।

लिहाजा, मैंने अपनी राह बदलने का फैसला किया। मैंने महसूस किया कि बीया के साथ रहते हुए मैं ये नहीं कर सकता था इसलिए 1965 में मैंने कैलिफ़ोर्निया का रुख़ कर लिया। मैं अपनी ज़िंदगी को बदलने के लिए दृढ़ संकल्पित था। मेरा पहला संकल्प था कि मैं हमेशा सच बोलूं। मेरा दूसरा संकल्प था कि मैं दूसरों का कभी फ़ायदा नहीं उठाऊंगा। शुरुआत में मेरे लिए यह आसान नहीं था क्योंकि तब तक मैंने अपना पूरा जीवन बिना किसी नैतिक संहिता के, झूठ बोलते हुए बिताया था, और मुझे हमेशा अपने साथ किसी को रखना होता था।

वर्ष बीतते गए, मैंने कुछ प्रगति की। अगर मैंने किसी से कुछ झूठ बोला होता तो मैं ख़ुद पर दबाव बनाता कि उस संबंधित व्यक्ति के सामने जाऊं और उसे सब सच बता दूं। इसी विचार के चलते मैं न्यूजर्सी की यात्रा पर गया कि वहां मैंने जितने भी लोगों से झूठ बोला या जितनों को झांसा दिया, उसकी भरपाई कर सकूं। यह क्रम बहुत कठिन था लेकिन मैंने अपने आप पर दबाव बनाया कि इसे तब तक

जारी रखूं जब तक कि सभी को याद करके ना देख लूं जिन्हें मैंने किसी ना किसी रूप में आहत किया।

संपूर्ण से संपूर्ण तक

सब में एक,
एक में सब–
यदि इतना भर अहसास हो जाए,
तो आपके संपूर्ण न होने की अब और कोई चिंता नहीं!

—सेन टिआ'जन

जब मैं 33 वर्ष का था तब मुझे चीन की एक विद्वत्ता भरी किताब 'आई चिंग' के बारे में पता चला। जब 3 हज़ार ईसा पूर्व चीन में लेखन कला का विकास हुआ था तब आई चिंग वहां लिखी जाने वाली पहली किताब थी। इसके पहले, किताब में लिखी हुई बातें मौखिक परंपरा के रूप में वहां हज़ारों सालों से प्रचलित थीं। इतने सालों तक यह इसलिए टिक सकी क्योंकि लोगों के मन में इसका बड़ा मूल्य था। मैंने इसका अध्ययन इसलिए नहीं किया कि यह विद्वत्तापूर्ण किताब है, बल्कि इसलिए भी किया क्योंकि इसमें अनेक सार्वभौमिक नियम शामिल हैं। चूंकि आई चिंग बहुत समय पहले लिखी गई थी इसलिए इसकी भाषा और शब्दों के अर्थ मेरी समझ के दायरे से बाहर थे, इसके वाक्यों का अर्थ जानने के लिए मैं बेहद लालायित रहा। मुझे ऐसा महसूस हुआ मानो प्रकृति के कुछ गहरे राज़ इसमें छिपे हुए हैं।

बाद के वर्षों में जब प्रकृति के नियमों, जैसे कार्यकारण का सिद्धांत आदि के बारे में मेरी थोड़ी समझ बढ़ी, तो मैं अपने शब्दों और कृत्यों को लेकर पहले से और अधिक सतर्क हो गया। मैंने पाया कि चरित्र एक तरह का धनुष होता है जिससे कि हम भविष्य के तीर

चलाया करते हैं। उन तमाम वर्षों के दौरान मैंने आई चिंग को पढ़ते हुए घंटों बिताए और आज भी मैं रोज़ाना कुछ मिनट के लिए इसे पढ़ ही लेता हूं।

अब मैं यह पाता हूं कि सार्वभौमिक नियम से सब कुछ संचालित होता है। एक बार इसे समझ लेने के बाद मैं विश्व की परिस्थितियों और घटनाओं को समझने में सक्षम होता गया, जिनसे हमारा वास्ता पड़ता है। मसलन, मैंने पाया कि, *सृष्टि के सभी नियम सृष्टि की निरंतरता बनाए रखने की दिशा में प्रवृत्त हैं।*

लेकिन हम कैसे जानेंगे कि यह सच है? खगोलविद और वैज्ञानिक हमें बताते हैं कि इस संसार को हम जिस रूप में देख रहे हैं, ऐसा वह क़रीब 18 अरब सालों से है। यदि ऐसा एक भी नियम होता जो निरंतरता के पक्ष में नहीं होता तो निश्चित ही अभी तक ऐसा घट चुका होता। चूंकि ऐसा नहीं हुआ है इसलिए मैं सुरक्षित ढंग से मान सकता हूं कि प्रकृति के सभी नियम निरंतरता के पक्ष में ही हैं।

सृष्टि के अस्तित्व को निरंतर बनाए रखने के लिए यही बेहतर है कि यहां घटने वाली प्रत्येक घटना संपूर्ण हो और समय की धारा में हर क्षण पूरा हो। यदि ऐसा नहीं होता तो सृष्टि स्वतः ही अपने विनाश की ओर अग्रसर हो जाती क्योंकि एक अपूर्ण घटना दूसरी अपूर्णता को जन्म देती, दो से तीन अपूर्णताएं बनतीं और यह सिलसिला आगे चलकर सीधे विनाश तक जाता। अपूर्ण घटनाएं यहां एक बार भी मान्य नहीं हैं। चूंकि यह सृष्टि अरबों वर्षों से निरंतर बनी हुई है, ऐसे में इसके अपने निर्माण पर किंचित संशय उभरता है। यह संसार हर आने वाले क्षण में संपूर्ण होता है, कभी भी किसी अपूर्ण क्षण को घटने नहीं देता। यह बस संपूर्ण से संपूर्ण और उससे भी संपूर्ण होता जाता है।

यह ऊर्जा के संचय के सार्वभौमिक नियम से संबंधित है, जो कहता है कि, *"इस जगत में कभी कुछ नहीं खोता, ना ही नष्ट होता है। केवल उसका रूपांतरण होता है।"* इस नियम में हम भी शामिल

हैं। सृष्टि का अंग होने के नाते हम बार-बार अस्तित्व में आते रहेंगे। संभवतः हम विभिन्न रूपों में प्रकट हों लेकिन हमारा वजूद बना रहेगा।

जब हमारा भौतिक शरीर त्यागने का समय आएगा हो सकता है हम अपना व्यक्तित्व, अपनी आत्मा को बचाए रख सकें या ना भी रख पाएं। शायद, हम इस सृष्टि में समग्र रूप से समाहित हो जाएंगे क्योंकि हम इससे कभी पृथक हुए भी नहीं थे और फिर, कौन कहता है कि हम इस धरती पर दोबारा नहीं लौटेंगे? संभवतः इसी संसार में हमारा फिर से आना हो जाए। हो सकता है कि हम भूल गए हों कि संसार में हम कैसे आए, लेकिन हमें हमारे स्वयं के यहां होने से इस बात का तो पक्का प्रमाण मिलता है कि यहां आना संभव है। किसी भी स्थिति में, हम अन्य रूपों में निरंतर और बेहतर बने रहेंगे। किसी के लिए भी इस सृष्टि का हिस्सा होने से बड़ा सम्मान का भाव नहीं हो सकता। इसके अलावा हमें चेतना का जो वरदान मिला है वह प्रकृति का सर्वाधिक चमत्कारिक उपहार है, जो कि किसी भी धारणा और विश्वास से परे है।

इस विचार को आगे ले जाना कि सृष्टि का निर्माण इसलिए हुआ ताकि यह निरंतर बनी रहे, यह कहा जा सकता है कि सृष्टि पूरे समय अधिकतम संभव मात्रा में स्वयं को लाभ पहुंचाना चाहती है। चूंकि हम सृष्टि के अविभाज्य और अपरिहार्य अंग हैं, हम पर भी यही लागू होता है।

हमारे साथ होने वाली हर घटना हमारे पूर्ण लाभ के लिए ही है।

यदि किसी घटना ने हमें आहत किया या हमसे कुछ छीन लिया हो, तो भी वह घटना हमारे लिए भले का ही काम करेगी क्योंकि सृष्टि स्वयं के साथ कभी कुछ बुरा नहीं होने देगी और हम "इसी" सृष्टि के ही अंग हैं।

इन सार्वभौमिक नियमों के बारे में पढ़ते हुए मैंने समूची सृष्टि को जीवंत और जाग्रत रूप में देखना सीखा। एक ऐसा अस्तित्व जो जीवंत है, सांस ले रहा है और जिसमें चेतना है - वही चेतना है। इसीलिए मैंने *"सृष्टि"* शब्द पर ज़ोर दिया। भगवान, अल्लाह, जिहोवा, बुद्धा या ऐसे ही अन्य हज़ारों नाम हैं जिनका लोग हवाला देते हैं और उनका संदर्भ शीर्ष सत्ता के रूप में दिया जाता है, मैं सीधे तौर पर उसे "सृष्टि" कहता हूं, चेतना का एक विशाल ऊर्जा स्रोत। कई दशक बीत गए हैं और मैं अपने इस फ़लसफ़े के साथ जीता चला आ रहा हूं तथा यह अभी तक मेरे जीवन की प्रत्येक परिस्थिति से जन्मा है, तब भी जब मेरी धारणाएं धूसरित हो जाती हैं, कभी-कभी नियमित तौर पर।

इससे क्या अच्छा निकलकर सामने आएगा?

परिवर्तन से निकलकर अर्थवत्ता खोजने का एक ही रास्ता है कि इसमें डुबकी लगाई जाए, इसके साथ बढ़ा जाए और नृत्य में सम्मिलित हुआ जाए।

—ऐलन वॉट्स

अब आप मेरी मनोस्थिति जान चुके होंगे जब मैं उस दिन संकरी घाटी में चट्टान से टकराकर नीचे ज़मीन पर गिर गया था, मैं आपसे फिर पूछता हूं : आपको क्या लगता है कि मेरे मन में क्या चल रहा था जब मैं कीचड़ में पड़ा था, लक़वाग्रस्त और सांस तक लेने में असमर्थ था? मुझे लगता है मैंने आपको ढेर सारे संकेत दे दिए हैं। जिससे आपको आभास ना हो कि मेरे मन में उस समय क्या चल रहा था। मैं यही सोच रहा था कि, "मुझे हैरत होगी कि अब इसमें से क्या अच्छा निकल सकेगा?"

पैक्स ने देखा कि पहाड़ी के कोने से चट्टान दिखाई नहीं दे रही है। वह घाटी की ओर लपका, नीचे झांका और मुझे कीचड़ में सना

देखा। वह सरकता हुआ नीचे आया, मुझे पलटाया और मेरा हाल पूछा। मैं बोलने की हालत में था क्योंकि मुझे लक़वा गले के निचले हिस्से में मार गया था। मैंने उससे कहा कि मुझे नहीं पता क्या हुआ।

मैं वहां लेटा रहा और मैंने मेरे पूरे शरीर में एक झुनझुनी महसूस की। यह वैसा ही अनुभव था जिसे आप पैर फिसलने पर या कोहनी की हड्डी पर चोट लगने पर महसूस करते हैं। मेरी रीढ़ की हड्डी पर से दबाव हटना शुरू हुआ और मैं धीरे-धीरे हरकत करने में सक्षम हुआ। मैं मेरे सिर का परीक्षण नहीं करना चाहता था क्योंकि मुझे डर था कि मेरे हाथ वहां बने छेदों में चले जाएंगे और इस तरह मैं ख़ुद की जान ले लूंगा। जब वह चट्टान मेरे सिर पर उतारी गई, तो उसकी आवाज़ ऐसी लगी मानो किसी ने मेरे सिर पर बेसबॉल का बैट दे मारा हो। मैं नहीं सोचता कि इतना भीषण प्रहार झेलने के बाद कोई और बच सकता था।

एक सप्ताह बाद, मैं बिस्तर पर लेटा स्वास्थ्य लाभ ले रहा था और मैंने आई चिंग की एक प्रति पढ़ने के लिए खोली। अचानक, मैंने पाया कि जिन हालिया परिस्थितियों ने मुझे परेशान कर दिया था, वे अब समझ में आने लगी थीं। किसी तरह, मेरे सिर पर लगे उस आघात ने ऐसे द्वार खोल दिए जिनसे मुझे सभी अस्पष्ट बातों को समझने की पात्रता मिल गई। उस समय के बाद से, आई चिंग पर मैंने दस क़िताबें लिखी हैं। इसमें मेरी स्वयं की प्रसिद्ध किताब का संस्करण *द आई चिंग : द बुक ऑफ़ आन्सर्स* भी शामिल है, जो मेरे चीनी लेखकीय नाम, वु वेई के नाम से लिखी गई है। यह सब उस चट्टान के मेरे सिर से टकराने का परिणाम था।

हम हमेशा के लिए कल्पना कर सकते हैं कि उस चट्टान का मेरे सिर पर गिरना एक दिव्य हस्तक्षेप था या एक निरर्थक दुर्घटना थी, लेकिन इसका मुझे जो लाभ मिला वह किसी भी प्रकार की गणना से परे है। उस समय तक मेरे जीवन में मुख्य अध्ययन इतना ही था कि

उस चीनी संस्करण में दर्ज सूचनाओं की थाह पा सकूं और अचानक मैं इसे समझ सकने लगा था। इस तरह के उपहार के लिए तो मैं चाहूंगा कि मेरे सिर पर कई बार ऐसी चोटें आएं।

चूंकि मेरे निजी दर्शन का मूल तत्व यही है कि हमारे साथ जो भी होता है वह हमारे लाभ के लिए ही है। मैं अपने दुर्भाग्य को कोसने, घटनाओं पर विलाप करने और स्वयं को पीड़ित मानने की निरर्थकता से बच गया। मेरे साथ हुई दुर्घटना से लाभ प्राप्त कर पाने की वजह ये थी कि उस दुर्घटना को मैंने किस ढंग से लिया। तब भी और अब भी, एक पल के लिए भी मैंने इस तथाकथित दुर्घटना के पूरी तरह मेरे भले के लिए होने के अलावा अन्य रूप में सोचा ही नहीं।

यदि मैंने इस घटना को सकारात्मक ढंग से नहीं देखा होता तो मैं तमाम बुरे परिणामों की राह ताक रहा होता और ऐसा करते हुए मैं अपने जीवन में कई समस्याएं खड़ी कर लेता। जो भी हुआ उसे लेकर मेरा तनाव मुझे बीमारियों में जकड़ लेता और मेरे गले के साथ भी आगे और उलझनें बढ़ा देता। मैं अवसादग्रस्त होकर अपने दुर्भाग्य को कोस रहा होता। फिर भी ऐसा कुछ भी नहीं हुआ। आश्चर्यजनक रूप से आज के दिन तक मुझे गले में कोई दर्द नहीं हुआ। ना ही मैं चलने-फिरने से किसी भी तरह महरूम हुआ और तो और इस घटना के इतने वर्षों बाद मैं लेखन के जरिये इस घटना का सदुपयोग तक कर लेता हूं।

7

बदलाव को अपनाना

जो भी हो सकता है

उसके साथ बहो और अपने

मन को ख़ाली रखो आप जो

भी कर रहे हो उसे स्वीकारते

हुए स्वयं को केंद्रित बनाए

रखो। यही परम अंतिम है।

—चुआंग ज़ू

7 | बदलाव को अपनाना

निरंतर परिवर्तन का दर्शन इस सृष्टि की प्राचीन समझ का एक अनिवार्य अंग था। आई चिंग (शाब्दिक रूप से "परिवर्तन की किताब"), परिवर्तन को निरंतर समझाती है, हम इसकी गणना कर सकते हैं। प्रकृति में सब कुछ एक प्रगति और प्रवाह की अवस्था में है। इस तरह, प्रसन्नता के बारे में विद्वत्ता का एक और अंश जो आई चिंग की परंपरा से आता है, वो है :

> *कोई भी परिस्थिति तभी अनुकूल बनती है जब कोई इसे अंगीकार कर लेता है।*

आइए, एक उदाहरण से समझें कि किस तरह बदलती घटनाओं के अनुकूल होना और उन्हें इस सकारात्मक प्रकाश में देखना एक सकारात्मक परिणाम ला सकता है। चौबीस साल पहले मैंने एक ब्रांड न्यू कार ख़रीदी थी और इसे मैंने अपने घर के पास एक गली में पार्क किया था। कुछ देर बाद मैं घर से बाहर गया तो देखा कि एक पुरानी

बस से कार के अगले हिस्से में टक्कर लग गई। ड्राइवर बाहर निकला, अपना हैट ज़मीन पर नीचे गिराया, फिर अपने सिर को लटकाया, इसे अपने हाथों से पकड़ लिया। ज़ाहिर है, उसके पास मेरी कार में हुए नुक़सान की भरपाई के लिए पैसे नहीं थे और उसने लगभग रोना ही शुरू कर दिया। उसकी पत्नी कार में थी और उसका बेटा पीछे की सीट पर बैठा रो रहा था। जब उस आदमी ने मुझे आता हुआ देखा, वह और अधिक व्याकुल नज़र आने लगा। मैं कार तक पहुंचा, उस आदमी की ओर देखा और कहा, "एकदम ठीक। मेरी कार को भी इसी की ज़रूरत है।"

उसे अपने कानों पर विश्वास ही नहीं हुआ कि उसने क्या सुना। मैंने उसे अच्छा दिन बिताने की शुभकामना दी और कहा कि कार में आई खरोंच को लेकर चिंता नहीं करे, अभी मैं अपनी कार में आई खरोंच को लेकर बहुत अधिक चिंतित नहीं हूं। वह ख़ुशी से आंसू रोने लगा और उसने मुझे गले लगा लिया। उसने एक छोटा-मोटा नृत्य किया और ख़ुशी से झूमते हुए उसकी पत्नी के पास गया और उसे भी गले लगा लिया। उसने अपने परिवार को कार से बाहर निकाला और मुझे सबसे परिचय करवाया। उसने कहा कि वह अभी-अभी ही कस्बे में नया आया है, वह कारपेंटर था और जब तक कि उसे कोई काम नहीं मिल जाता, तब तक वे सब लोग रुकने के लिए किसी जगह की तलाश में थे। मैंने उसे अपने एक दोस्त का फ़ोन नंबर दिया जो निर्माण के कारोबार में था। अगले ही दिन उसने मेरे दोस्त के लिए काम करना शुरू कर दिया।

तीन सप्ताह बाद, यही आदमी मेरे घर पर आया और उसने खरोंच की मरम्मत के लिए दो सौ डॉलर दिए। मैंने उसे इसे रखने के लिए कहा। मैंने कहा कि मुझे खरोंच पसंद आई क्योंकि इससे मुझे याद रहता है कि यह संसार कितनी शानदार जगह है। मेरी दृष्टि में, मेरी कार पर खरोंच आना बहुत सही घटना थी क्योंकि इससे यह देखने को मिला कि जब मैंने उस आदमी को कहा कि कार में खरोंच

लगना एक श्रेष्ठ घटना थी तो वह आदमी कितना ख़ुश हो गया था। मैं अभी भी आज तक इसके बारे में सोचता हूं और इससे मुझे आज भी ख़ुशी मिलती है।

मैंने उस नुक़सान की कभी मरम्मत नहीं करवाई। जब लोगों ने मुझसे पूछा कि मेरी कार में खरोंच कैसे आई तो मैं कहता, "यह सृष्टि की ओर से एक उपहार है।" जब मुझे इसका अर्थ स्पष्ट करने को कहा गया, तो मैंने उन्हें अपना दर्शन बताया। मैं कई लोगों को समझ के एक नए ढंग तक ले जाने में सक्षम था। कई मौक़ों पर जिन लोगों से मैंने बातें की, उन्होंने मुझे कहा कि उनके जीवन में हो रही बुरी घटनाओं को वे बतौर "खरोंच से बचाव" के रूप में देख रहे हैं।

कल्पना कीजिए कि जब मेरी कार में खरोंच आई तब मैंने उस तरह प्रतिक्रिया नहीं दी होती जैसी कि मैंने दी थी। ज़रा सोचिए, इसकी बजाय मैंने उस बस के ड्राइवर को मुक्का मार दिया होता और एक हिंसक मारपीट के बाद हम दोनों घायल होकर जेल में होते। कल्पना करें कि जेल में मेरा लैंगिक शोषण किया जाता, फिर एक और लड़ाई-झगड़े में लिप्त हो जाता, किसी को गंभीर चोट पहुंचा दी होती और 20 साल की क़ैद की सज़ा मिली होती।

फिर से, हमारा पूरा जीवन घटनाओं से निबटने के दो बुनियादी तरीक़े प्रस्तुत करता है। हम उन्हें या तो "हमारे लिए शुभ" का या "हमारे लिए अशुभ" का तमगा लगा सकते हैं। घटना केवल एक घटना है। यह इस पर निर्भर है कि हम उस घटना को किस तरह देखते हैं जो ये निर्धारित करेगा कि यह हमारे जीवन में क्या बनकर सामने आएगी। घटना अपने आप में कोई निर्धारण नहीं करती - हम करते हैं।

दृष्टिकोण में बदलाव

जिसने एक बार संतुष्टि को जान लिया हो,
जो सहज रूप से संतुष्ट होने से निकली हो
वह संतुष्ट होने के अलावा कुछ और कभी नहीं होगा।

—ताओ ते चिंग

सुदूर पूर्व में सोचने का एक ढंग है जिसमें जानते हुए और बिना जाने समान रूप से ख़ुश रहा जाता है। इस पूर्वी विचार को परे रखते हुए देखें कि आपके पास जो है, उसी के साथ ख़ुश रहने का नाम ही प्रसन्नता है। ताओ ते चिंग समझाते हैं : "सरलता का आलिंगन करो... आपके पास जो भी है और आप स्वयं जो भी हो, उसी पर संतुष्ट रहो और इसे आपसे कोई छीन नहीं सकता।"

अधिकतर पश्चिमी लोग इस विचारधारा से मेल नहीं खाते। हम जो चाहते हैं, उससे भी अधिक हमें चाहिए और हमें जो नहीं चाहिए, हम उसे और कम चाहते हैं। हमारे लिए, चाहना और न चाहना हमारी ख़ुशियों और दुख का बड़ा कारण है। बुनियादी ज़रूरतों, जैसे - खाना, कपड़े और मकान का पर्याप्त रूप से ना होना दुख की वजह बन सकता है। ख़राब स्वास्थ्य भी दुखों का सबब बन सकता है। अधूरी इच्छाएं जैसे - एकतरफ़ा प्रेम, अवकाश न ले पाना, अच्छी कार का न होना, अन्य चीज़ें न होना जिन्हें हम चाहते हैं, बिलों को चुकाने के लिए पर्याप्त पैसे न होना, जिन कामों को हम करना चाहते हैं, उसके लिए पर्याप्त समय ना होना या उसके लिए सक्षम न होना आदि नाखुशी का एक बड़ा कारण है।

इन सभी चाही गई चीज़ों को पा लेने से आप ख़ुश हो सकते हैं लेकिन इस बात की कोई निश्चितता नहीं है कि ऐसा हो ही जाएगा। कई लोग जिनके पास ये सब है, वे भी निराश और दुखी हैं। यदि आप उन लोगों के बारे में सोचें जिन्हें आप जानते हैं, तो आप पाएंगे कि

उनमें से कुछ ने जो चाहा वो हासिल कर लिया लेकिन इसके एवज में मिलने वाली ख़ुशी टिक नहीं पाई। तो ख़ुशियों का असली स्रोत क्या है? इसका जवाब संभवतः अब तक स्पष्ट हो गया है :

ख़ुशियों का वास्तविक स्रोत हमारे सबके अंदर है।

ख़ुशियां हमारे जीवन की स्थितियों को लेकर हमारी प्रतिक्रियाओं से आती हैं। हम इस सृष्टि के और सृष्टि में अपने आप में स्वयं एक सत्ता हैं। हम सोचने में सक्षम हैं, करने में सक्षम हैं और सृजन करने में सक्षम हैं। यह केवल अतीत की सिखावन है जिससे हमने अज्ञात घटनाओं को लेकर नाख़ुश होना सीखा है। यदि आप ख़ुश रहकर प्रतिक्रिया देंगे, तो आप ख़ुश हैं।

अस्सी के दशक के मध्य में मैंने ऐसे लोगों के लिए कार्यशालाओं का संचालन किया जो उनका जीवन बदलने के इच्छुक थे। उन कार्यशालाओं से एक बार फिर जाहिर हुआ कि प्रसन्नता भीतर से आती है और एक सशक्त निजी दर्शन का होना कितना महत्त्वपूर्ण है। जो हमें जीवन के हर मोड़ पर बनाए रखने में मदद करता है।

ये कार्यशालाएं अभूतपूर्व रूप से सफल हुईं और प्रतिभागियों की जीवन शैली में बदलाव आ गया। उन्होंने इससे पहले जिन कामों के बारे में सोचा था कि वे उनकी क्षमताओं से परे हैं, अब वे उन्हीं कामों को पुरज़ोर ढंग से करने लगे थे। वे अपने चुने हुए कार्यक्षेत्र में प्रगति करने लगे, वे अपार्टमेंट से बाहर निकलकर घर ख़रीदने लगे, वे जीवन के भय से मुक्त हो गए, उन्होंने दोस्तों और परिजनों के साथ रिश्तों की निर्भरता समाप्त कर दी, उन्होंने लंबे लक्ष्य रखना शुरू किए, वे बुरी आदतों से निजात पाकर ख़ुशमिज़ाज बन गए, उन्होंने उनके जीवन का ध्येय हासिल किया और शांति प्राप्त की।

उनकी इस सफलता को देखते हुए मैंने देखा कि एक सशक्त निजी दर्शन के अनुसार जीना कितना ज़रूरी है। इससे एक पथप्रदर्शन

प्रकाश, एक ध्रुवतारा आपको निराशा भरे बुरे समय में, मुश्किलों में, दुख में, मायूसी में हमेशा आपका मार्गदर्शन करता रहेगा। इतना तो तय हो गया है कि जिन लोगों ने कोई फ़लसफ़ा अपनाया उनके जीवन में इच्छाएं पूरी हो पाईं। उनकी उदासी ख़ुशियों में तब्दील हो गई और जिससे उनके चेहरे पर मुस्कराहट आई, एक ऐसी मुस्कान जो विपत्ति के समय दिखावटी साहस से कहीं अधिक बढ़कर थी।

मैं समझता हूं कि सृष्टि में जो भी सत्य है उस पर आधारित दर्शन इतना शक्तिशाली व आनंददायक है कि यह समय की सभी परीक्षाओं और कठिनाइयों के दौरान साथ खड़ा रहता है। इसके आगे मैंने महसूस किया कि एक कमज़ोर दर्शन जीवन का एक कमज़ोर तरीक़ा है। मैंने देखा कि मेरी कार्यशालाओं में शामिल होने वाले कुछ असफल प्रतिभागी हमेशा से किसी कमज़ोर दर्शन या दिग्भ्रमित दर्शन का शिकार रहे। एक बार उन्होंने नया दर्शन अपनाया और इसे क्रियान्वित किया, उनके जीवन में बेहतरी के लिए एक अद्‌भुत मोड़ आया। जैसे ही उनका नज़रिया बदला, उनके जीवन के तमाम हालात भी बदल गए।

जिस तरह यह बात कार्यशाला में भाग लेने वाले सभी प्रतिभागियों के लिए सच थी, यह आपके भी लिए सच है :

आपका जीवन आपके लिए क्या प्रकट करता है यह इस बात से निर्धारित होता है कि आप किस प्रकार अपने मार्ग पर स्वयं को संचालित करते हैं।

यह एक और बुनियादी सार्वभौम नियम है। आप एवं आप अकेले निर्धारित करते हैं कि आपका संसार कैसा होगा। जीवन आपके लिए क्या प्रकट करेगा, इसका द्वार आप स्वयं हैं।

कल्पना कीजिए कि यदि आप अधिकांश समय क्रोधित होते। आपके क्रोध से आपके आसपास की हर चीज़ प्रभावित होती। लोग आपके पास भी नहीं आना चाहते। यह गुस्सा आपके शरीर के भीतर

भी एसिड रिएक्शन करता जो धीरे-धीरे आपको नष्ट करता। यह आपकी सोच को भी प्रभावित करता और इसके चलते आप शांत चित्त की अवस्था में नहीं होते जो स्पष्ट और संगत विचारों के लिए अनिवार्य है। आपके कुछ ही दोस्त होते। आप खाने-पीने का लुत्फ़ नहीं उठा पाते, गतिविधियों का मज़ा नहीं ले पाते। आपके जीवन से सामंजस्य नदारद रहता। आप ख़ुशियों को महसूस करने में अक्षम होते और एक अच्छी नींद लेना तक आपके लिए शायद बहुत मुश्किल काम होता। व्यापार में सफलता मिलना बहुत कठिन होता या यह निलती ही नहीं। यदि आपने किसी के अधीन रहकर कार्य किया होता तो आपको कोई काम मिलना ही कठिन हो जाता। एक समुराई कहावत है, "एक क्रोधित व्यक्ति जीवन में और जंग में अपने आप को ही पराजित कर देगा।"

घटनाओं की निरंकुशता से आज़ादी

परिवर्तन के दौरान संपूर्ण मानसिक संतुलन को पाना ही निर्वाण को पाना है।

—शुनर्यु सुज़ुकी

एक सशक्त निजी दर्शन हमें जीवन की त्रासदियों में बनाए रखने के अलावा भी बहुत कुछ करता है। प्रतिदिन हम जो भी करते हैं, सोचते हैं यह हमें उसमें बनाए रखता है। यह हमें उम्मीद बंधाता है। यह हमें घटनाओं के अत्याचारों से मुक्त करता है। उन कार्यशालाओं में से एक किस्सा सुनाता हूं जिससे पता चलता है कि हमारे जीवन में दस्तक देने वाली घटनाओं से मुक्त होना कितनी बड़ी स्वतंत्रता है। (यह एक छोटी सी कहानीनुमा घटना है, जिसे कुछ पहले मैंने अपनी कार के बारे में एक छोटे से परिवर्तन के साथ बताया था ताकि यह दर्शाया जा सके कि किस तरह यह दर्शन आपको कई प्रकार से ऊंचाई पर ले जा सकता है।)

डोरिस एक कॉफ़ी शॉप में वेट्रेस थी। वह वर्कशॉप में आई क्योंकि उसका बेटा वहां तीन महीने रह चुका था और उसने जो परिणाम महसूस किए उसे देखकर वह अचंभित थी। एक दिन कार्यशाला में तीन सप्ताह के बाद मैं आया और देखा कि पंद्रह या बीस कार्यशाला प्रतिभागी पार्किंग लॉट में खड़े होकर एक नई कार को देख रहे हैं। वे उत्साह में थे और हंस रहे थे। जब वे भीतर आए, मैंने पूछा कि वहां आख़िर ऐसा क्या था जो सारे लोग हंस रहे थे।

डोरिस ने एक दिन पहले ही नई कार ख़रीदी थी और उस सुबह जब वह सामुदायिक कॉम्प्लेक्स में बने गैरेज के भीतर गई, उसकी कार के अगले हिस्से पर डेंट लग गया था। डोरिस ने कहा सामान्य तौर पर वह रोती, सीढ़ियों पर वापस ऊपर जाती, बिस्तर पर गिर जाती, अपना सिर तकियों में छुपा लेती और वहां दिन भर पड़ी रहती ताकि और कोई दुर्भाग्यपूर्ण घटना ना घटे।

हालांकि, उसे याद था कि कार्यशाला में उसने क्या कुछ सीखा, और उसने कार को एक नई दृष्टि से देखा। उस डेंट में इतनी ताक़त नहीं थी कि वह उसका पूरा दिन ख़राब कर सके। डोरिस ने लिखा कि उसने अपने जीवन के श्रेष्ठ दिनों में से एक दिन का अनुभव किया क्योंकि वह "घटनाओं के अत्याचार" जैसी किसी भी बात से बंधी हुई नहीं थी। ऐसी ही घटनाएं जो हमारे सबके साथ होती हैं - घड़ी का गुम जाना, पर्स का चोरी होना, बस या प्लेन का छूट जाना आदि। डोरिस ने कहा कि उसकी डेंट को ठीक करवाने की भी इच्छा नहीं हुई क्योंकि इसमें उसके लिए एक महान अर्थ छुपा था। वह मुक्त थी और बाहर प्रत्येक व्यक्ति जो डोरिस, कार के डेंट और डोरिस की प्रतिक्रिया को देख रहा था, इस मुक्ति और स्वतंत्रता को पूरी तरह आनंदित होकर मना रहा था।

आघात से निपटना

जब आप किसी गतिविधि के बीच में शांत रह सकते हो, तब वही प्रकृति की वास्तविक अवस्था होती है। जब आप कष्टों के बीच भी प्रसन्नचित्त रह सकते हो, तब आप मन की सच्ची संभावना को देख रहे होते हो।

—हुआचु डाओरेन

हम में से प्रत्येक व्यक्ति ने अपने जीवन में कष्ट उठाए हैं। हमसे झूठ बोले गए हैं, विश्वासघात किया गया है, हम छले जा चुके हैं और हमारा फ़ायदा उठाया गया है। हम में से कई लोग, शायद आप, मारपीट, दुष्कर्म का शिकार रहे हैं, बदसलूकी झेल चुके हैं, इच्छा के विपरीत काम करने को विवश किए गए हैं या परिजनों, भाई-बहनों या अजनबियों द्वारा लैंगिक शोषण का शिकार रहे हैं। हमारा दिल टूट चुका है और हम बड़े आर्थिक, आध्यात्मिक और शारीरिक संकट व क्षति से गुज़रे हैं। हम प्रियजनों के खोने के सदमे से गुज़रे हैं और हम किसी ना किसी शारीरिक या मानसिक विकृति के साथ जन्मे हैं। इन आघातों और ऐसी स्थितियों को हम किस प्रकार देखते हैं, संभालते हैं और उन्हें दूसरे किस प्रकार देखते हैं, इससे हमारे आज या किसी भी दिन की प्रसन्नता की अवस्था का निर्धारण होता है।

कुछ साल पहले 25 वर्षीय एक एथलीट पीटर ने पैसेजेस एडिक्शन क्योर सेंटर में प्रवेश किया। वह चरस का सेवन करता रहा था। पीटर मेरी साप्ताहिक मेटाफ़िज़िक्स थैरेपी में ख़ास तौर पर दिलचस्पी लेता था। समूहों के दर्शन वाले हिस्से उसे बेहद प्रिय थे और वह इन्हें दिल से चाहता था। मेरे साथ वह एक के बाद एक सत्र में शामिल होता था। उन सत्रों में वह वही सब सीखता था जो आप यहां जान रहे हैं। उसके तीस दिनों के प्रवास के अंत में उसकी चरस की लत समाप्त हो गई। पैसेजेस उपचार केंद्र से निकलने के कुछ महीनों

के बाद वह एक दुर्घटना का शिकार हो गया जिसके चलते उसका कमर के नीचे वाले हिस्सा लक़वाग्रस्त हो गया और वह व्हीलचेयर पर सीमित होकर रह गया।

उसकी दुर्घटना के दो दिन बाद मैं उसे देखने अस्पताल गया। जब मैं उसके कमरे में गया तो देखा कि उसकी आंखें मूंदी हुई थीं और वह एक धीमे स्वर में बोला, "मैं जानता हूं कि यह मेरे साथ होने वाली श्रेष्ठ घटना है।" आज भी पीटर अपनी उस धारणा पर क़ायम है। हम हर महीने बात करते हैं और वह मुझे बताता है कि उसका प्रबुद्ध होना कितनी ऊंचाई तक जा चुका है। उसका कहना है कि इस हादसे के बिना इतने कम समय में उसका आध्यात्मिक विकास कभी नहीं हो सकता था।

उससे मिलने आने वाले समस्त लोगों के लिए वह एक प्रेरणा बन गया है। पैसेजेस सेंटर की एल्मनी मीटिंग्स में भी वह समय-समय पर जाता है और वहां बोलता है। वह इस सार्वभौमिक नियम के साथ न केवल समझ से भर गया है कि कोई भी परिस्थिति केवल तभी अनुकूल होती है जब हम उसे स्वीकार कर लेते हैं, बल्कि वह इस नियम के साथ लयबद्ध होकर जीना भी सीख चुका है। महान तमिल कवि-संत वल्लुवर ने कहा है कि, "यदि आप दुर्भाग्य पर हंसते हैं तो आप कभी भी इस पर क़ाबू नहीं पा सकते।" उन्होंने यह भी कहा कि, "दुर्भाग्य एक बाढ़ की तरह चढ़ सकता है लेकिन साहसी विचारों से आप इसे वश में कर सकते हैं। यदि आप विषाद द्वारा अवसादग्रस्त होने से इनकार कर देंगे तो विषाद स्वयं ही अवसादग्रस्त हो जाएगा।"

जब मैं अस्पताल में पीटर के कमरे में दाख़िल हुआ तब उसके जवाब के बारे में आपका क्या ख़याल है, जब उसने कहा था कि, "यह मेरे साथ घटने वाली श्रेष्ठ घटना है?" क्या आपने स्वयं से ऐसा व्यंग्यात्मक ढंग से कहा, "हां, सही!" जैसे कि सत्य से अधिक कुछ भी संभव नहीं है? जिस प्रकार आपने प्रतिक्रिया दी उस परिमाण तक,

आपका निजी दर्शन पीटर के उस दर्शन से अलग है जिसने उसे बनाए रखा है और उसके शांतिपूर्ण अनुभवों से भी भिन्न है जो वह व्हीलचेयर पर बैठकर पाता है। इसका अर्थ ये हुआ कि आप संभवतः सभी घटनाओं का लिहाज करते हैं जो दुर्भाग्यशाली प्रतीत होती हैं और वास्तव में दुर्भाग्यशाली होती हैं। लेकिन यह मुख्य रूप से उस प्रकार की सोच के कारण होता है जैसे आपके जीवन के हालात होते हैं।

सृष्टि में क्या सत्य है, इस पर आधारित एक सशक्त दर्शन आपको पीड़ित बनने से बचाएगा। यह आपको ऐसा किरदार बनने से रोकेगा जो बीमार रहा है, इस्तेमाल किया गया है, जिसने बदक़िस्मती की मार झेली है या ऐसा शख़्स जिसका जीवन दुखों और निराशा से भरा है। एक सशक्त दर्शन आपको विपत्ति के समय बनाए रखेगा क्योंकि आपको पता है कि रहस्य स्वयं ही अपने पर से पर्दा उठाएगा और ख़ुशियों को प्रकट करते हुए एक संपूर्ण सुखद अंत की ओर ले जाएगा।

क्या आप सोचते हैं कि यदि आप लक़वाग्रस्त होते तो क्या आप पीटर के आनंदपूर्ण दृष्टिकोण को निभा पाते? यदि आपका अपना कोई निजी दर्शन नहीं है जो कि आपको हम सभी को आने वाले कठिन समय, त्रासदी और मुश्किल घड़ी में टिकाए रख सके, तो ऐसा होना असंभव है।

सबसे ख़राब समय, सबसे श्रेष्ठ समय

इसकी तरह सारी चीज़ें जानिए :
एक मृगतृष्णा, एक बादलों का महल...
जैसे दिखाई देते हैं, वैसे नहीं होते।

—बुद्ध

मैंने प्रत्यक्ष जाना है कि यदि हम एक सशक्त निजी दर्शन को साथ

लेकर चल रहे हैं तो किस तरह कठिन से कठिन समय में भी अच्छी चीज़ें उभरकर सामने आ सकती हैं। मैंने अपने बेटे पैक्स के साथ इस प्रक्रिया को घटित होते देखा है। जब पैक्स 15 साल का था तब उसने एक अवसर विशेष की बीयर के साथ चरस का सेवन शुरू कर दिया था। उसे इस आदत से रोकने के लिए जो भी संभव हो सकता था, मैंने वह सब किया लेकिन उसमें कोई सुधार नहीं आया। उस समय, मुझे नहीं पता था कि उसका नुक़सान रहित आचरण ड्रग्स की बुरी लत में तब्दील हो सकता है। जब पैक्स 18 साल का था, एक दिन वह स्कूल से घर आया और रोने लगा। उसने बताया कि उसे हेरोइन की लत लग चुकी है।

इसके बाद अगले 6 वर्षों तक मैं पैक्स की हेरोइन की लत के ख़िलाफ़ जूझता रहा। मैंने उसे तीस, साठ और उसके बाद नब्बे दिनों वाले प्रोग्राम में शामिल किया। किसी में भी सफलता नहीं मिली। उसे चालीस से अधिक बार नशे से दूर करने का प्रयास किया गया लेकिन हर बार वह अपनी पूर्व अवस्था में आ जाता। मैंने पूछा, "क्यों?" हर बार, उसे कारण नहीं पता था सिवाय ये कहने के कि यह बहुत अद्भुत नशा है। उसकी बातों से यूं लगा मानो वह इस नशे के लालच पर क़ाबू पाने में अशक्त था। मुझे लगातार इस बात का डर था कि मैं उसे खो दूंगा और मुझे कभी पता नहीं था कि मैं अगले दिन उसे देख भी पाऊंगा या नहीं।

मैं उसे ड्रग थैरेपिस्ट, अल्कोहल थैरेपिस्ट, साइकोलॉजिस्ट, साइकियाट्रिस्ट, एडिक्शन स्पेशलिस्ट और हर संभव परामर्शदाताओं के पास ले गया। उन सबने पुनर्वास के सुझाव दिए, बारह-सूत्रीय कार्यक्रम बताए और अधिक से अधिक परामर्श सत्र किए लेकिन किसी से भी ये पता नहीं चल सका कि पैक्स आख़िर क्यों हेरोइन की लत का शिकार हो गया था। हर मामले में, उन लोगों के सुझाव एक ऐसा माहौल बना रहे थे जिसमें पैक्स कम से कम हेरोइन का उपयोग करे। उन्होंने मुझे सलाह दी कि मैं पैक्स को उसके बुरे व्यवहार को लेकर दंडित करूं।

मैंने जाना कि कुछ भी हो जाए, सज़ा किसी भी सूरत में बिगड़ी हुई स्थिति को सुधारने का तरीक़ा नहीं हो सकता, वह भी तब जब कोई मौत से जूझ रहा हो।

इस मामले में विचारणीय बिंदु ये थे : पैक्स की लत के उन वर्षों के दौरान ड्रग डीलर्स का एक समूह उसे एक रेगिस्तान में मारने के लिए ले गया था क्योंकि उसने उनकी ड्रग्स चुराई थी। उन्होंने उसे ख़ुद की क़ब्र खोदने पर मजबूर किया। जैसे-तैसे उसने उन्हें राज़ी किया कि वह उन्हें इसका पैसा चुका देगा, इसलिए उसे बख़्श दें। उस ख़ौफ़नाक अनुभव के बाद से वह फिर से हेरोइन लेने लगा। उनमें से एक ड्रग डीलर ने पैक्स के मुंह पर बुरी तरह लात मारी थी जिस कारण उसका जबड़ा दो जगह से टूट गया। पैक्स को अस्पताल जाना पड़ा और जबड़े में टांके लगवाना पड़े। उसके दांत छितरा गए थे और वह बड़ी मुश्किल से बोलने की हालत में था। उसे अपने दांतों से ही भोजन करना पड़ रहा था। बेहाल होकर वह अस्पताल से घर आया और मैं उसे देखने की जल्दी में था। मैं दरवाज़े पर गया और मैंने जो देखा उस पर विश्वास नहीं हुआ। वह अपने तार लगे जबड़े से फिर से हेरोइन की स्मोकिंग कर रहा था।

एक बिंदु पर, उसकी हेरोइन की लत को छुड़वाने के लिए प्रतिबद्ध होकर मैं उसे अपने साथ कैलिफ़ोर्निया के तट के पास बिग सर पहाड़ में पृथक रूप से बने केबिन में ले गया। मैंने उसे पूरे 9 महीनों तक पूरी तरह साफ़-सुथरा रखा। वहां से रवाना होने के पहले सप्ताह में ही पैक्स ने हेरोइन और कोकीन का इस्तेमाल शुरू कर दिया।

मुझे लगा कि पैक्स अब हेरोइन की ओर किसी वजह से झुक रहा है। मुझे नहीं पता था कि यह कारण क्या था लेकिन मुझे इतना तो पता था कि कोई वजह ज़रूर है। नशे की जद में आने से पहले वह एक एथलीट हुआ करता था। वह एक अच्छा छात्र था जिसे बाहर घूमने जाना, ख़ुश रहना अच्छा लगता था। स्टूडेंट ऑफ़ मंथ का पुरस्कार

पाना उसका प्रिय शगल था। अब वह हेरोइन और कोकीन का सेवन बंद करना चाहता था तथा सामान्य जीवन की ओर लौटना चाहता था लेकिन यह सब बंद करने में वह असमर्थ था। फिर भी मैंने कभी उम्मीद नहीं छोड़ी। मैंने उसे प्रोत्साहित करना कभी नहीं छोड़ा क्योंकि मुझे उन छुपे हुए और सच्चे कारणों का पता लगाना था कि आख़िर क्यों वह ड्रग्स की ओर झुकता चला गया। एक दिन, पैक्स ने इस "क्यों" का पता लगा ही लिया कि वह क्यों नशे की गिरफ़्त में आया। वह दिन आख़िरी दिन था जब उसने ड्रग्स या अल्कोहल का इस्तेमाल किया। उस घड़ी वह ख़ुद को नशे की लत से मुक्त करने में समर्थ था।

आज पैक्स हर मामले में संपूर्ण है - सेहत, प्रसन्नता, समृद्धि, साफ़ मन, पूरी तरह से अच्छा, दूसरों को उसी तरह की आज़ादी दिलाने में मददगार जो उसने ख़ुद हासिल की है। पैसेजेस ट्रीटमेंट सेंटर खोलने का विचार पैक्स का ही था। जब वह अंत में उसकी लत से छूट चुका, तब उसने मुझसे कहा, "देखिए, हमें पता है कि इसे कैसे करना है - चलिए इसे कर दिखाते हैं।"

तो मैंने और मेरे बेटे ने मिलकर पैसेजेस की नींव रखी और हम इसके सह-निदेशक हैं। हम साथ-साथ यहां का काम देखते हैं। मैं उसे देखता हूं और गर्व का अनुभव करता हूं। उसकी उपलब्धि पर गर्व होता है। वह मौत को छूकर सुधरकर लौटा है, अल्कोहल और ड्रग्स की लत से छूटा है जो एक समय इतनी शक्तिशाली हो गई थी कि उसे बचा पाना असंभव लग रहा था। फिर भी हमने उसे बचा लिया। इसका सारा श्रेय उसे और इस उदार सृष्टि को जाता है जिसके हम सब अंग हैं।

उस नारकीय यात्रा के दौरान पैक्स और अल्कोहल तथा इसकी लत की दुनिया के बारे में बहुत कुछ जाना। अल्कोहल, नशे की लत, ट्रीटमेंट प्रोग्राम के बारे में हम जो भी कर सकते थे, उसका हमने बहुत शोध किया। अपने अनुभवों से यह सीखा कि पैक्स सहित इलाजरत अन्य लोगों के जीवन में स्थायी सुधार किससे हुआ और किससे नहीं

हुआ। जब कुछ भी कारगर नहीं निकला तो हमने एक समग्र अभियान चलाया जिससे पैक्स का जीवन बच सका। पैसेजेस सेंटर पर, वह और मैं दूसरों के इलाज के लिए उन्हें उनके अल्कोहल की लत तथा नशे की जड़ का पता लगाने व उससे मुक्त होने में मदद करते हैं। इसके लिए हम उन उपायों का इस्तेमाल करते हैं जो हमने पैक्स के इलाज के लिए अपनाए।

कुछ लोगों को पैक्स के नशे की लत और आघात के वे वर्ष अपूरणीय क्षति प्रतीत हो सकते हैं। फिर भी, यदि आप पैक्स से पूछते कि नशे की लत के एक दशक को वह किस तरह देखता है जिसमें मारपीट, पतन, अपमान, दोस्तों को खोना, कॉलेज के वर्षों का नुक़सान, सम्मान खोना और जीवन के अहम वर्षों का नुक़सान शामिल है – तो वह आपसे कहता कि यह उसके जीवन का सबसे भयावह अनुभव था। वह आपको बताता कि उन दस वर्षों ने उसे जीवन का सबसे अहम काम शुरू करने की ओर अग्रसर किया। उनके बिना उसे पैसेजेस शुरू करने और चलाने का विचार शायद कभी नहीं आता। यह भी कि सृष्टि उसे एक शानदार भविष्य के लिए तैयार कर रही थी जिसमें वह हज़ारों लोगों का जीवन बचा सकता था। वह यह भी कहता कि मैंने उसे ऐसा कहते हुए सुना भी है कि उसने जो भी पाया है यदि यह सब हासिल करने के लिए उसे दोबारा फिर से उस सबसे गुज़रना भी पड़ा तो भी वह ऐसा करेगा। निश्चित ही वह सबसे बदतर दौर था लेकिन उसने सबसे श्रेष्ठ समय की राह पकड़ी।

ना केवल यह, लेकिन इस अनुभव के परिणाम के तौर पर, मैं अपनी किताब *द अल्कोहलिज़्म ऐंड एडिक्शन क्योर : अ होलिस्टिक एप्रोच टु टोटल रिकवरी* लिखने के योग्य बन पाया जो दूसरों को इलाज प्राप्त करने में मदद करती है। इसमें, पैक्स अपनी कहानी विस्तार से कहता है और मैं सुधार की उस कुंजी को साझा करता हूं जिसे हमने पाया है। यह किताब लोगों को बताती है कि किस तरह वे उन दिशा-निर्देशों का इस्तेमाल कर सकते हैं जो हम पैसेजेस में उपयोग

करते हैं – वही तरीक़े जिनसे पैक्स को सुधरने में मदद मिली। हम हैल्थ प्रोफ़ेशनल्स के सहयोग से लोगों को उनके अपने निजी समग्र उपचार कार्यक्रम को संचालित करने में मदद करते हैं। हमारे संघर्ष और प्रयासों के चलते अब हम दूसरों को जीवन की व अन्य आशाएं जगा सकते हैं।

४

तनाव और आपकी कल्पना

वे लोग जिनका

नज़रिया सीमित,

आशंका से भरा और अस्थिर हैं :

जितनी जल्दी वे करेंगे,

उतना ही धीमे वे जाएंगे।

—सेन टिआ'जन

8 | तनाव और आपकी कल्पना

प्रसन्नता और आपके बीच बड़ी से बड़ी बाधा तनाव है। तनाव से मेरा मतलब मन में भय, व्याकुलता, चिंता, असहजता, बेचैनी या आपके मन द्वारा कल्पना करके अतीत, वर्तमान या निकट भविष्य में किसी बुरी घटना को आभास के रूप में देखा जाना है। इसके अलावा किसी भी कारण से तनाव नहीं होता है। हालांकि ऐसा प्रतीत होता है, लेकिन घटनाओं और परिस्थितियों में तनाव समाहित नहीं होता।

> *घटनाओं और स्थितियों को आप जिस ढंग से लेते हैं उससे तनाव आता है।*

यह सुनना काफ़ी जाना-पहचाना लगता है? लगना भी चाहिए, क्योंकि यह वही एक सूत्र है जो प्रसन्नता के लिए है। घटनाओं, चीज़ों, स्थितियों में ना ही तनाव शामिल है, ना ही प्रसन्नता। चीज़ें बस वैसी हैं, जैसी वे हैं। घटनाएं महज घटनाएं हैं, स्थितियां केवल स्थितियां हैं। उन पर प्रतिक्रिया देना आप पर निर्भर है। यह आपका चुनाव है।

इस बात को स्वयं के सामने साबित करने के लिए, ज़रा सोचिए कि कई बार आपने किसी ऐसी बात पर तनाव महसूस किया होगा जो कभी अमल में ही नहीं आई होगी, या अगर आई भी होगी, अंततः वह आपके हित में ही क्रियान्वित हुई होगी। यदि आपको पहले से ही पता चल जाता कि यह आपके पक्ष में काम करेगा तो आपका जीवन कितना सुखद हो गया होता। इसी तरह से आप सभी प्रकार की स्थितियों से निपट सकते हैं।

हमारे जीवन से तनाव पूरी तरह कभी भी नहीं जाएगा क्योंकि हमने जीवन भर सारा नज़रिया नकारात्मक अपनाए रखा है, लेकिन हम इसे काफ़ी हद तक ख़त्म कर सकते हैं। तनाव को ख़त्म करने की एक युक्ति यह है कि हम अपनी कल्पनाओं को नियंत्रित करें और बजाय दुखद परिणाम के सदा एक ख़ुशनुमा परिणाम की कल्पना करें।

आप इसे कैसे मानेंगे कि एक तनावपूर्ण स्थिति अंततः आपके लिए लाभकारी साबित होगी? इसका संक्षिप्त जवाब और वह भी जो मैंने अध्याय-6 में बहुत विस्तार से बताया है, यह है कि चूंकि हम इस सृष्टि के अंग हैं और चूंकि यह सृष्टि अधिकतम मात्रा में स्वयं को लाभ पहुंचाना चाहती है, ऐसे में सकारात्मक परिणाम एकमात्र परिणाम होगा जिसे यह अनुमति देगी।

मैं महसूस करता हूं कि यदि आप तनाव-मुक्त और अधिकांश समय प्रसन्नचित्त रहना चाहते हैं तो आपको अपने जीवन में झांककर एक बड़ी छलांग लेनी होगी और ख़ास तौर पर यह पता लगाना होगा कि आपके जीवन में पहले क्या कुछ ग़लत हुआ है। आप इसे यथार्थ के तौर पर महसूस करने में तभी सक्षम होंगे, जब आप इस धारणा को आदत बना लेंगे। जब कुछ समय आप ऐसा कर लेंगे तक आप इसके परिणाम देखेंगे और पाएंगे कि यह सच है। इसके बाद ही आपके चेहरे पर सदा एक छोटी सी मुस्कान नज़र आएगी-अक्सर।

अपेक्षाएं

जो भी आप देखते या सुनते हैं, उससे आपको अचंभित नहीं होना चाहिए... यदि आप चीज़ों को स्वीकार करने को तैयार हैं, जैसी वे हैं, आप उन्हें किसी पुराने मित्र की तरह पाएंगे।

—शुनर्यु सुज़ुकी

आप अपनी अपेक्षाओं से अपनी दुनिया का निर्माण करते हैं और वर्तमान में आप किस तरह प्रतिक्रिया देते हैं, उससे आप भविष्य को प्रभावित कर सकते हैं। अभी या निकट भविष्य में आपके जीवन से तनाव को ख़त्म करने में मदद करने के लिए, अपने दर्शन पर विश्वास करें। यदि आपके दर्शन के तौर पर आप मानते हैं कि हर घटना आपके लाभ के लिए ही हो रही है तो तनाव कभी भी पास नहीं फटकेगा। मैंने अपनी कार्यशाला में इस सच को लेकर लोगों को राज़ी करने में कई हफ़्ते लगाए हैं और जब आख़िरकार उन्होंने इस पर विश्वास करना शुरू किया, उनके जीवन से काफ़ी हद तक तनाव ख़त्म हो चुका था। उनमें से अधिकांश का जीवन तो तनाव की वजह से लगभग बर्बाद ही हो गया था, उन्होंने कहा कि यह अभी तक पाया गया सबसे श्रेष्ठ उपहार है।

यदि आप अपनी कल्पनाशीलता के प्रभाव में रहते हैं तो भय या तनाव का अनुभव करना असंभव है। उस सूचना से आपको काफ़ी मात्रा में सुविधा का अहसास होना चाहिए क्योंकि आपकी कल्पनाशीलता पूरी तरह से आपके नियंत्रण में है। आप जितनी आसानी से किसी अच्छे परिणाम की कल्पना कर सकते हैं, उसी प्रकार बुरे परिणाम की भी कल्पना कर सकते हैं। एक उदाहरण से समझाता हूं ताकि आप भी देख सकें कि मेरा क्या आशय है।

ऐसा मानें कि मैं और आप एक मकान में रह रहे हैं जो गिरवी

रखा हुआ है। हमने पिछले 6 महीनों से गिरवी की रक़म का भुगतान भी नहीं किया है, बैंक ने इसे अगले महीने बेचने की तैयारी कर ली है। बिक्री के बाद हमें वहां से बाहर जाना होगा और हमारे पास जाने के लिए कोई जगह नहीं है। पिछले कुछ महीनों में हमने झल्लाहट, परेशानी, दुख, पीड़ा और प्रलाप किया। इस समय हम जितनी भी असुविधा में हैं, वह हमारे दुष्परिणाम की कल्पना करने की वजह से पैदा हुई है।

अब ज़रा मान लीजिए कि हमसे अपरिचित आंटी अगाथा एक साल पहले चल बसी और हमारे लिए देश में कहीं भी एक घर के लिए पैसे की व्यवस्था करने के अलावा पर्याप्त नक़द धनराशि दे गई ताकि हम बाक़ी का जीवन आराम से काट सकें। जब हमें आंटी अगाथा की वसीयत के बारे में पता चला तो हम अचानक अपने बेहतर भविष्य के लिए सपना बुनने लगे। एक जीवन जो सुविधापूर्ण हो। हम गिरवी रखे मकान के बारे में रंच मात्र भी चिंता नहीं कर पाए। हम बाहर निकले और कुछ दिनों तक मौज-मस्ती करते रहे।

तभी आंटी अगाथा के वकील का फ़ोन आता है और वह हमें बताता है कि एक भूल हो गई है। इसके अनुसार आंटी अगाथा ने हमारे लिए घर और पैसा नहीं रख छोड़ा है, वे ये सब हमारी बहन के लिए छोड़ गई हैं। अब हम वापस वहीं लौट आए जहां हम पहले थे और एक बुरे परिणाम की कल्पना करने लग गए। सबसे बड़ी बात तो यही थी कि हम आंटी अगाथा के घर और पैसे से हाथ धो बैठे थे और अब विलाप कर रहे थे।

एक सप्ताह तक हम दुष्परिणाम के रूप में होने वाली उन तमाम बातों के बारे में अटकलें लगाते रहे जब हमें सड़क पर फेंक दिया जाएगा और हमारे पास सिर छुपाने की कोई जगह नहीं होगी। फिर आंटी के वकील का दोबारा फ़ोन आया। हमारी बहन, जो आंटी अगाथा से नफ़रत करती थी, बोली कि उसे इस घर में कोई हिस्सा नहीं चाहिए।

वह चाहती थी कि सारे पैसे सहित इस घर को हम रख लें। अब हम दोबारा आनंदविभोर हो गए और सुखद परिणामों की कल्पना करने लगे। हम उस गिरवी घर से बाहर निकलकर एक बड़े से घर में आ गए, यह जानने के लिए कि यह निर्जन है और एक बुरे से पड़ोस में है।

वकील का एक बार फिर से फ़ोन आया। उसने बताया कि आंटी की वसीयत को लेकर कुछ गड़बड़ हुई है जिसके चलते नक़द धनराशि पर अनिश्चितकाल के लिए रोक लग गई है। हम फिर से शिथिल हो गए और आने वाले भयावह समय की कल्पना करने लगे। अगले दिन हमारे पास एक डेवलपर की ओर से प्रस्ताव आया जो पूरे स्थान को डेवलप करना चाहता था। उसने हमें घर के लिए मोटी रक़म प्रस्तावित की। हम ख़ुशी से चहक उठे और सोचने लगे कि अब तो हमारी सारी मुश्किलें आख़िरकार ख़त्म हो ही गईं...

ख़ैर, अब आपके सामने पूरी तस्वीर साफ़ हो गई होगी। हमारे सुख और दुख की वजह क्या थी? ये हमारे ही पास थी। अपनी कल्पनाशक्ति का उपयोग करते हुए इसे हम ही निर्मित कर रहे थे। हम अस्थिर बने हुए थे और घटनाओं के उतार-चढ़ाव के अनुसार स्वयं गिर उठ रहे थे। एक पल के लिए सोचिए कि हमारे काल्पनिक क़िस्सों में यह कैसा लगता यदि *हमें शुरुआत के पहले क्षण* से ही पता होता कि हर घटना हमारे पक्ष में सुखद बनकर आने वाली है। यह इसी तरह से प्रतीत होगा जब आपका निजी दर्शन इस धारणा पर आधारित होगा कि संसार में सत्य क्या है और जब आप अपेक्षा करते हैं कि आप जिस भी परिस्थिति से गुज़र रहे हैं, उससे आपका लाभ ही होने वाला है, भले ही आप इसे संभव के रूप में ना देखें।

आपको वो बातें याद होंगी जो आपके साथ घटीं और शुरुआत में बुरी लगीं और अभी भी वे बुरी ही लगती हैं। शायद ऐसा इसलिए है क्योंकि जो भी हुआ उसे आप निरंतर "बुरा" मानते आए हैं और इस तरह आपकी गतिविधियां उस तरह का परिणाम लेकर सामने आ

गई हैं। पारी बदलने में कभी देरी नहीं मानी जाती। जो भी हुआ उसके बारे में आपके सोचने का ढंग बदलिए और परिणाम भी बदल जाएगा।

बाधाएं

शरद ऋतु की ठंडी बारिशें
फूजी पर्वत का पर्दा,
फिर इसे देखने में और अधिक सुंदर बनाएं।

—**बाशो**

एक स्वस्थ तथा सशक्त दर्शन का एक और अंग जो हमें जीवन में प्रसन्नता सृजित करने की पात्रता देता है वह ये है कि हम बाधाओं को किस प्रकार से देखते हैं। बाधाओं का एक कारण आपके जीवन में ही है ताकि आप उससे उभर सकें और मज़बूत बन सकें। आपने वह पुरानी कहावत सुनी होगी एक चेन उतनी ही मज़बूत है जितनी इसकी कमज़ोर कड़ी है। ख़ैर, आप भी केवल उतने ही सशक्त हैं जितना आपकी बड़ी कमज़ोरी का क्षेत्र है।

आप इन सिद्धांतों को पूरे समय प्रकृति में कार्यरत देख सकते हैं। एक पक्षी की मां अपने नन्हे चूजे को घोंसले से बाहर निकालती है ताकि वे उड़ना सीख सकें। वह उन्हें खिलाना-पिलाना बंद कर देती है ताकि वे स्वयं आगे के लिए कुछ काम नया करें। शेर के शावक मौज-मस्ती में एक-दूसरे पर हमला करते हैं, भले ही सामने वाला, जिस पर हमला किया गया है, खेलने का इच्छुक ना हो। लेकिन शावक ऐसा करते हैं ताकि वे सीख सकें कि उम्र बढ़ने पर मादा को पाने के लिए किस तरह लड़ाई करनी होगी। जानवरों की दुनिया में, सर्वाइवल द फ़िटेस्ट का क़ायदा चलता है, यानी वही बचेगा जो योग्य होगा। झुंड से बिछड़ जाने वाले और कमज़ोर जानवर या तो भगा दिए जाते हैं या मार दिए जाते हैं। केवल सबसे ताक़तवर नर ही मादाओं से मेल कर सकता है।

जानवरों के साम्राज्य में जीवन बहुत दुरूह है और यही बात है जो जानवरों को इतना मज़बूत और सक्षम बनाती है। असल में, हर व्यक्ति, हर वो चीज़ जो आज जीवंत है, वह इसीलिए जीवंत है क्योंकि इनके पुरखे सर्वाइवर थे, बचकर निकले हुए थे। इस तरह, आपके जीवन के हालात कभी-कभी जो बहुत पीड़ादाई हो जाते हैं, बहुत बरबादी भरे और कठिन हो जाते हैं तो उनका एक कारण ये है कि :

> *सृष्टि हमेशा आपके कमज़ोर बिंदु पर प्रहार करती है क्योंकि इसे ही सबसे अधिक सशक्तिकरण की दरकार होती है।*

आपकी चुनौतियां किसी प्रभाव के चलते एक प्यार भरे अस्तित्व द्वारा लाई गई हैं ताकि आपको और मज़बूत बनाया जा सके। बाधाओं से लाभ पाने के लिए और बजाय उनसे भयभीत होकर हारने के उनका सामना करके निकलना है।

एक उदाहरण ये रहा। लोगों में घबराहट का एक आम कारण लोगों के समूह के सामने बोलना या ऐसे लोगों से मीटिंग करना होता है जो हमारे परिचित नहीं होते। यह बैचेनी हमारी कल्पना से बुरे परिणामों का पूर्वानुमान करने से उपजती है। उदाहरण के लिए, अभिनेता-अभिनेत्री सहित कुछ लोग ट्रैंक्विलाइजर (शांतिदायक दवा) लेने के आदी हो जाते हैं, जिसके पीछे उनका तर्क होता है कि बेहतर प्रदर्शन के लिए उन्हें इसकी ज़रूरत होती है, उन्हें लोगों के समूहों के सामने बोलना होता है या बड़ी बैठकें करनी होती हैं।

उन्हें ट्रैंक्विलाइज़र की *ज़रूरत* नहीं होती है, भले ही इसके लिए किसी डॉक्टर ने ख़ुद लेने को कहा हो। आंतरिक कमज़ोरी को मज़बूत बनाने के लिए उन्हें जो करने की ज़रूरत है उसकी वजह से वे दुष्परिणाम की कल्पना करते हैं। शायद उन्हें सीधे तौर पर अपने भय

पर जीत पाने की दरकार है। अपना आत्मविश्वास जगाने के लिए वे सार्वजनिक रूप से बोलने का अभ्यास कर सकते हैं। फिर भी, घबराहट के सही कारणों का हल खोजने की बजाय वे इसे दूर करने के लिए ड्रग ले रहे होते हैं। ड्रग का इस्तेमाल करने से वे एक सशक्त सार्वजनिक वक्ता के रूप में उभरने से ख़ुद को वंचित कर रहे हैं।

आपको जीवन में चुनौतियों से किस तरह निपटना चाहिए? सबसे पहले इस बात को पहचानिए कि उस स्थिति या घटना का कोई प्रयोजन है जिसका मतलब आपको लाभ पहुंचाना है। परिस्थितियां किसी समस्या की तरह प्रतीत हो सकती हैं, समस्या की तरह महसूस हो सकती हैं और समस्या जैसी नज़र आ सकती हैं लेकिन यह केवल एक संभावित दृष्टिकोण है। एक बार आप अपनी समस्याओं को "कवायद वाली स्थितियों" के रूप से देखना सीख जाते हैं, वे पूरी तरह एक नए स्वरूप में चली जाती हैं। मैं इन्हें "कवायद वाली स्थितियां" कहता हूं क्योंकि वे ऐसी परिस्थितियां हैं जिन पर आप केवल काम ही कर सकते हैं ताकि आप ताक़त और समझ हासिल कर सकें। उसे कर चुकने के बाद परिस्थितियां उसके आगे किसी उपयोग की नहीं रह जातीं और वे जीवन से विदा हो जाती हैं।

बेशक, आपके हिस्से में राहत और जवाब आपको बिना प्रयास किए हाथों-हाथ नहीं मिलने वाले। आपकी समस्याओं के दौरान ये ही आपके लिए काम करते हैं ताकि आप ताक़त, ज्ञान और समझ हासिल कर सकें। यह भी महसूस करें कि जिन लक्ष्यों की आप तलाश करते हैं वे संपूर्ण जीवन नहीं हैं और जीवन उन्हीं पर ख़त्म नहीं हो जाता, भले ही आप उनके बारे में ऐसा मानते हों।

यह अपने आप में एक मार्ग है जो सभी के जैसा है और सभी की समाप्ति जैसा है। आपके लक्ष्यों तक पहुंचना और उत्तर की खोज करना ही आपको जीवनकाल के लिए चुने गए पथ पर अग्रसर होने के लिए प्रशस्त करता है। यह मार्ग अपने आप में वही है जहां सत्य

को पाया जाना है, जहां आपकी नियति स्वयं को प्रकट करती है और जहां आपकी ख़ुशियां बसती हैं।

प्रगति

हवा में उड़ना या पानी पर चलना कोई चमत्कार नहीं है
लेकिन पृथ्वी पर चलना ज़रूर चमत्कार है।

—चीनी कहावत

पृथ्वी खोज की और अनुभवों वाली जगह है। आपका यहां होना कोई दुर्घटना नहीं है। आप यह सब पढ़ रहे हैं, यह भी कोई दुर्घटना नहीं है। आप आध्यात्मिक प्राणी हैं जो इस धरती पर स्वयं को संपूर्ण करने के लिए हैं। आपकी समस्याएं और जो कुछ आपने सहा है, वह सब आपके जीवन में उसी प्रयोजन के चलते था और है। यदि आप उस अहम जानकारी को खोजे बिना ही इस धरती से चले जाते हैं तो आपका जीवन कुछ ऐसा होगा कि आप दो हज़ार मील तक ड्राइव करके विशाल घाटी को देखने आए और आपने सारी छुट्टियां होटल के कमरे में ही बिता दीं। यदि आप मानते हैं कि आपका वजूद केवल जीवन और मृत्यु ही है और इसके बीच आने वाली हर चीज़ महज एक संघर्ष है, तो आपके जीवन में उस करिश्मे की कमी हो जाएगी जो जीवन को महत्वपूर्ण, चमत्कारिक और उत्कृष्ट बनाता है।

यह कहने के बाद, आप कभी भी अपने प्रबुद्ध होने के मार्ग से अलग नहीं हो सकते - आपका मार्ग यह महसूस करने के लिए है कि आप इस सृष्टि के महत्वपूर्ण और अनिवार्य अंग हो। प्रबुद्धता किसी सागर की तरह है और इसकी दिशा में हमारे मार्ग किन्हीं नदियों की तरह हैं। हर नदी अलग है, लेकिन आख़िरकार वे सब समुद्र की ओर बहती हैं। इस बात से फ़र्क़ नहीं पड़ता कि हम क्या कर रहे हैं, कब कर रहे हैं और इससे हमें ख़ुशियां मिल रही हैं या पछतावा, लाभ या

हानि, हम सब अपने प्रबुद्ध होने के निजी मार्गों पर चल रहे हैं। जब हम कुछ करते हैं और उसे ग़लत मान लेते हैं तब भी, हम अपने प्रबुद्ध होने के ही मार्ग पर होते हैं।

आपके मार्ग पर जो प्रगति आप करते हैं वह आपकी जागरूकता के अनुसार या तो तेज़ होगी या धीमी होगी। अगर आप शराब पीकर गटर में पड़े हैं तो इस बात के आसार हैं कि आपकी प्रगति धीमी होगी। यदि आप तयशुदा इरादे से प्रबुद्ध होने के प्रयास कर रहे हैं, जो इस सृष्टि के साथ आपके संबंधों की खोज को प्रकट करने जैसा है, तो आप अपनी तथाकथित समस्याओं को भी अवसर की तरह इस्तेमाल कर लेंगे और आपकी प्रगति तेज़ी से होगी। इसके परिणामस्वरूप आप शांति, सफलता, प्रचुरता, महान और अच्छे भाग्य एवं सलामती आदि के पुरस्कार का आनंद उठाएंगे।

९

आपके अतीत का निदान

अतीत का पीछा ना करें। खुद
को भविष्य में खोने ना दें। अतीत
कहीं नहीं है। भविष्य अभी आना
शेष है। जीवन के प्रति गहराई से देखना
जैसे यह अभी और यहीं घट रहा है, साधक
स्थायित्व और स्वतंत्रता पर ध्यान केंद्रित करता है।

—भद्दिकारता सुत्त

9 | आपके अतीत का निदान

हमने यह तो नहीं सीखा है कि समय में किस तरह पीछे जाया जा सके और अतीत की घटनाओं को किस तरह से रोका जा सके या बदला जा सके। हालांकि अतीत में हुई घटनाओं को लेकर हमारे सोचने के तरीक़े को हम ज़रूर बदल सकते हैं ताकि वे हमें वर्तमान में परेशान करना छोड़ें, और हमारे "अभी" के समय को बरबाद ना करें।

हम सब अपने अतीत के ढेर सारे पीड़ा के बैग लादे हुए चलते हैं। हमारे विरुद्ध थोड़ा इरादतन उल्लंघन, टूटे हुए दिल, आहत भावनाएं, उन लोगों की कड़वी यादें जिन्होंने हमारे साथ विश्वासघात किया, हमें ठगा, वे घटनाएं जो हमें दर्द दे गईं, चूके हुए अवसर, हमारे द्वारा किए गए ग़लत चुनाव, खोई हुई चीज़ें, वे काम जो हमने किए या नहीं किए, ग़लतफ़हमियां जिनसे हमें पीड़ा हुई और हमसे छीने गए दोस्त, हमारे किए हुए वे काम जिनसे दूसरों के लिए तकलीफ़ उभरी या दूसरों को निराशा हाथ लगी, जिसके बारे में हमें अफ़सोस होता है - यह सूची अंतहीन लगती है। अतीत से यह दुख व पीड़ा का बैग

लेकर चलना एक अर्थहीन भार है जिसके बिना हम ज़्यादा अच्छे से रह पाएंगे।

अतीत का निदान करने से आप वर्तमान में ख़ुश रहने के योग्य बनते हैं।

आप किस तरह अतीत का निदान कर सकते हैं? आप अतीत की उन घटनाओं पर अपनी समझ का प्रकाश डाल सकते हैं, जिनसे आप आहत हुए। आप इस विचार को प्रकट कर सकते हैं कि अतीत में आपके साथ जो कुछ भी हुआ, अंततः आपके लिए लाभकारी ही हुआ या लाभकारी ही होगा।

आपकी अतिशय प्रसन्नता के लिए यह ज़रूरी है कि आप अपनी याददाश्त का इस्तेमाल करते हुए अतीत में उस समय तक जाएं जब आप छोटे बच्चे थे। इसके बाद धीरे-धीरे आगे बढ़ते हुए, उन सभी महत्त्वपूर्ण अनुभवों को याद करते हुए उन्हें दोबारा जीने की कोशिश कीजिए, प्रत्येक घटना के निष्कर्ष के अलावा, आपको इसे सीधे दिल और मन पर लेना चाहिए।

इसका अर्थ हुआ कि दूसरों के साथ जो आपने किया, उसका आपको अफ़सोस है और इसके लिए आप खुद को माफ़ कर रहे हैं। इसके साथ, आप दूसरों को भी उन हरकतों के लिए माफ़ कर रहे हैं जो उन्होंने आपके साथ कीं। आप यह बात स्वीकारते हैं कि हर घटना आपके भले के लिए थी या आपके भले के लिए ही होने वाली है, भले ही यह कमज़ोरी को बढ़ाती हो या आपको एक ज़रूरी सबक़ सिखाती हो। इसे आप उन लोगों से साझा कर सकते हैं जो आहत हैं और उम्मीद खो चुके हैं। उन लम्हों को नई समझ की रोशनी में देखना जादू की छड़ी है जो दुख, पीड़ा व मलाल को स्वीकार्यता, शांति और प्रसन्नता में बदल सकती है।

आपकी याददाश्त को इरादतन नई सूचनाओं के साथ मिलाने से

आप अपने जीवन में घटी पुरानी घटनाओं के बारे में अलग तरीक़े से सोचने लगेंगे। इसके चलते आप अब अतीत की ओर झांककर देखने पर आहत होने की बजाय ख़ुशी का अनुभव करने लगेंगे। एक बार आपने ऐसा कर लिया तो इसके बाद हर बार जब वो घटनाएं आपके मन पर हावी हों, आप अपने नए दर्शन का इस्तेमाल करें और ख़ुद को याद दिलाते रहें कि वह घटना पूर्ण रूप से आपके भले व हित के लिए ही थी। ख़ुद को याद दिलाते रहें कि इसके बारे में बुरा महसूस करने की ज़रूरत नहीं है लेकिन यह ज़रूर स्वीकारते चलें कि वह घटना यथासंभव श्रेष्ठ घटना थी जो आपके या किसी भी अन्य व्यक्ति के साथ उस समय हो सकती थी। ऐसा करना कठिन है और इसमें प्रबल दृढ़ता की आवश्यकता है, लेकिन एक बार आपने प्रयास कर लिया तो आप देखेंगे कि इसके काफ़ी असरदार प्रभाव होंगे।

आप प्रसन्न हो सकते हैं यदि आप अपने अतीत से मुक्त होकर स्वयं से बोझ हटाकर उड़ान भरना सीख जाएं। उन सभी "चीज़ों" को पीछे छोड़ देने में ही भलाई है। यह उन मुसीबतों के पहाड़ से दूर चलकर जाने जैसा है जो कभी आपको परेशान नहीं करेंगी। क्या आप स्वयं को ऐसा करते हुए देख सकते हैं? जब उस अतिरिक्त "सामान" का भार फेंककर अलग कर दिया जाएगा, आप स्वयं को हल्का होकर उड़ता महसूस कर सकते हैं, धीमी शीतल मंद बयार में किसी पंख की भांति चमक सकते हैं और अपने अंतस में अब प्रसन्नचित्त रह सकते हैं।

वर्तमान का क्षण

वर्तमान का क्षण, शानदार क्षण है।

—तिच न्यत हैन्ह

संतों ने इस बात पर ज़ोर दिया है कि अपने अतीत का निदान करते

हुए सुखमयी जीवन जीने का एक और कारगर उपाय है, "वर्तमान" में जीना-यानी अभी और यहीं जीना। आई चिंग बताती है : "उच्च व्यक्ति संक्रमणकाल को (वह जो गुज़र रहा है) शाश्वतता के प्रकाश में देखता और समझता है।"

हम अपने आगे एक अंतहीन भविष्य की कल्पना करते हैं और एक अंतहीन अतीत हमें पीछे की ओर खींचता रहता है। हम मानते हैं कि जिस पल में हमारा वजूद होता है, जिसे हम "अभी" कहते हैं, वह एक बारीक बाल के बराबर जैसी एक रेखा है जो भविष्य और अतीत को अलग करती है। वास्तविकता में, इसका उल्टा ही सच है; जितना भी सब है और था और सदा रहेगा, वह एक अंतहीन "अभी" है। क्या यह हमेशा ही अभी नहीं है? जानकार लोग इस सच को समझते हैं :

> *जिस पल को हम अभी कहते हैं, यही सब कुछ है जिसका वजूद है।*

जब हम अभी में जीते हैं, वर्तमान के क्षण पर अपना ध्यान और एकाग्रता केंद्रित करते हैं (ज़ेन की प्रेरणा के चलते) तो हम अपनी भगोड़ी कल्पनाओं पर लगाम कस पाते हैं - यह ना तो अतीत में बसना हुआ ना ही भविष्य की चिंता करना, ना ही घटनाओं के बारे में कोई राय बनाना। वे बस आती रहें और जाती रहें। जैसा कि पहले उद्धृत किया गया, एशियाई दार्शनिकता के जाने-माने व्याख्याकार ऐलन वॉट्स ने कहा था कि, "ज़ेन का सीधा सा अर्थ है... केंद्रित होकर रहने की वह अवस्था जो अभी और यहीं है।"

ज़ेन का ध्यान पर सारा ज़ोर इसी एक बिंदु पर लक्षित है; ध्यान वर्तमान क्षण पर एकाग्रता बनाए रखते हुए अपने भीतर के केंद्र पर बनाए रखने की एक तकनीक है। यह अभ्यास करने से हम जीवन को केंद्रित और संतुलित ढंग से इसके स्वरूप में देखने की आदत से भर

जाते हैं - प्रतिक्रिया देने की बजाय केवल साक्षी बनते हैं और घटनाओं को बुरे रूप में देखने की प्रवृत्ति से बचते हैं। बौद्ध नेता तिच न्यत हैन्ह कहते हैं, "ध्यान जीवन से पलायन नहीं है... बल्कि जीवन में वास्तविक रूप से बने रहने की तैयारी है।"

ऐलन वॉट्स ने केंद्र पर रहकर जीने की तुलना मार्शल आर्ट से की है, जहां हम हमेशा केंद्रीय स्थिति पर स्थिर रहने के लिए प्रेरित होते हैं और हमेशा यहां बने रहते हैं। वे कहते हैं, "यदि आप किसी चीज़ को किसी एक निश्चित प्रकार से होने की अपेक्षा करते हैं तो आप स्वयं को इसके लिए प्राप्त करने योग्य स्थिति में ले आते हैं। यदि यह किसी अन्य मार्ग से होता है, जब तक कि आप अपनी ऊर्जा का स्थान बदलते हैं तब तक बहुत देर हो चुकी होती है। इसलिए, केंद्र में स्थिर रहें और आप किसी भी दिशा में बढ़ने के लिए तैयार होंगे।" वे आगे कहते हैं कि, "जब आप केंद्र से जीते हुए अभी में आकर जीने लगते हैं, तब आप चिंता करने की बजाय, अदृश्य व अनपेक्षित घटनाओं से निपटने के लिए बेहतर ढंग से तैयार होते हैं।"

ध्यान के लाभ पाने के लिए ध्यान का अर्थ लंबा या जटिल होना नहीं है। यदि आपने इसे पहले कभी नहीं किया है, मैं आपको सुझाव देता हूं कि आप दिन में पांच मिनट ध्यान से शुरुआत करें। सुबह के समय उठने के तुरंत बाद इसका अभ्यास करना अच्छा है लेकिन आप इसे कभी भी कर सकते हैं जब भी आपको उचित लगे। एक आरामदायक स्थिति को लें जहां आप अपनी रीढ़ सीधी रखकर बैठ सकें। आंखें बंद करें और अपनी श्वास पर ध्यान केंद्रित करें।

पांच मिनट तक आपकी सांस के भीतर जाने और बाहर आने की प्रक्रिया देखें। यदि आपको लगता है कि उन पांच मिनटों में आपने सांस लेने के अलावा किसी और चीज़ के बारे में सोचना शुरू किया है, तो धीरे से स्वयं का ध्यान वापस श्वास पर केंद्रित करके ले आएं।

आप जो खोज रहे हैं वह पांच मिनट का विश्राम है। अपनी सांस पर सरलता से ध्यान दें। भीतर, बाहर, भीतर, बाहर, भीतर, बाहर। इस केंद्रीय अभ्यास के बारे में सारतः ज़ेन गुरु पाओ-चिह ने कहा है, "यदि मन वस्तुओं के प्रति कभी नहीं जागा है तो आप जहां भी जाते हैं वह प्रबुद्ध होने का ही स्थान है।"

10

सृष्टि की भाषा

वे लोग, जिन्होंने

स्वयं के मार्ग पर होने

की पुष्टि कर दी है,

उनके लिए मार्ग आसानी से

शक्ति प्रदान करता है।

—ताओ ते चिंग

10 | सृष्टि की भाषा

यह जानना कि सृष्टि जीवंत है, चेतन है एवं जाग्रत है, विशेष रूप से हम सबके प्रति जाग्रत है, आपके जीवन के अनुभव को बदल सकता है। यह सृष्टि के साथ आपके संबंधों को इस ढंग से बदल सकता है कि आप स्वयं को एकदम नए संसार में जीता हुआ पाएंगे - यह कुछ ऐसा होगा जो आपको तब तक प्रसन्नचित्त रखेगा जब तक आप इस धरती पर हैं।

यह सृष्टि ना केवल हमारे प्रति जाग्रत है, बल्कि यह हमसे संवाद भी करती है। इसके एवज में, हम भी अपने शब्दों, विचारों और कृत्यों के माध्यम से इस सृष्टि के साथ निरंतर संवाद में हैं। सृष्टि घटनाओं के साथ प्रतिक्रिया देती है।

घटनाएं सृष्टि की भाषा हैं।

इन सभी घटनाओं को हम सहज तौर पर संयोग कहते हैं। हम

किसी के बारे में सोच रहे होते हैं और अचानक फ़ोन बज उठता है और हम पाते हैं यह तो वही व्यक्ति है जिसके बारे में हम सोच रहे थे। हम किसी को खोज रहे होते हैं जिसका पता हमसे गुम हो गया है और तभी हमें एक दोस्त मिलता है और कहता है, "पता है, कल मैंने किसे देखा?" अगर आप उस दोस्त से इतना भी पूछते हैं कि उसने किसे देखा, आपका दोस्त उस व्यक्ति का नाम बताता है जिसे आप खोज रहे थे। फिर जल्द ही वह दोस्त उसका पता और फ़ोन नंबर उपलब्ध कराता है।

एक दंपती को मैं जानता हूं जो हवाई के एक दूरस्थ इलाक़े में रहते थे। उनके घर की ओर जाने वाला एक रास्ता था और इस पर केवल चौपहिया वाहन चलाया जा सकता था। मेन रोड से घर तक आने में दो घंटे का समय लग जाता था। ऐसे में उन्हें एक चौपहिया वाहन की सख़्त ज़रूरत थी। वे आपस में बातें करते थे कि किस प्रकार उन्हें उनके सपनों की वैन मिल जाए जिसकी उन्हें दरकार थी लेकिन उस द्वीप में उस प्रकार की केवल एक ही वैन थी और वह बिकाऊ नहीं थी। यदि यह बिक्री के लिए होती भी तो भी उनके पास इसे ख़रीदने के लिए पैसे नहीं थे। संपत्ति के नाम पर उनके पास मोंटाना के दूरस्थ द्वीप में दस हज़ार डॉलर मूल्य का ज़मीन का एक टुकड़ा था। आपसी बातचीत के बाद पत्नी ने धीरे से कहा कि कितना अच्छा हो अगर उसकी सपनों की वैन सफ़ेद रंग की हो और उसमें एक शानदार स्टीरियो सिस्टम हो।

दो सप्ताह बाद, हूबहू वैसी ही एक सफ़ेद रंग की वैन उनके घर तक पहुंची जिसकी उन्हें ज़रूरत थी। यह कार एक महिला चला रही थी जो रास्ता भूल चुकी थी। उसने उन्हें बताया कि द्वीप पर रुकने से इरादे से वह वैन लेकर आई थी लेकिन फिर मन बदल गया और वापस लौटने लगी। पत्नी ने कहा, "बहुत अच्छा, क्योंकि तुम मेरी ही वैन को चला रही हो।" भुगतान की बात आई तो महिला ने दंपती की मोंटाना स्थित ज़मीन को ले लिया और साथ में उन्हें कुछ अतिरिक्त राशि भी दी। इस वैन में एक विशेष स्टीरियो सिस्टम भी था।

क्या यह संयोग था?

नहीं। यह सृष्टि की ओर से हुआ संवाद था। यह एक सार्वभौमिक घटना थी और *यह हम सभी के साथ हर समय होती है।* सृष्टि की ओर से संवाद निरंतर जारी रहता है, हालांकि कुछ संवाद अन्य की तुलना में अधिक ज़ाहिर होते हैं। अधिकांश समय, हम इन संवादों के प्रति जाग्रत और सतर्क नहीं होते हैं या हम उन्हें केवल भाग्य या नियति का एक मोड़ भर मानते हैं। ऐसा करते हुए हम अपने जीवनकाल में जो सच्चे अवसर हैं उन्हें चूक जाते हैं। जब ऐसे ही किसी वाकये के प्रति सतर्क होकर हम सृष्टि को स्वीकार करते हैं, *तब सृष्टि स्वाभाविक संवादों में बढ़ोतरी कर देती है।* वाह, क्या संपदा है!

इस तरह के संवादों को स्थापित करने का महत्त्व अतिरंजित नहीं माना जा सकता। यह जानते हुए कि सृष्टि जीवंत और जाग्रत है, इस सूचना का छोटा सा कतरा भी उन अन्य सूचनाओं की फ़ेहरिस्त में शीर्ष पर है, जो मैंने अपने जीवन में अर्जित की हैं। यह ऐसा ही है जैसे आप दो साल के किसी बच्चे से कोई गंभीर चर्चा करें जो असंभव है। यदि यह संभव होता तो आप बच्चों को महत्त्वपूर्ण सूचनाएं दे पाते जो कि बहुत सहायक होतीं, लेकिन आप ऐसा नहीं करते हैं क्योंकि आप जो कह रहे हैं, उसे समझने में बच्चा अक्षम होता है। अचानक, बच्चा आपकी ओर देखता है और पूछता है कि क्या पशु सोच सकते हैं। एक पूरा नया संसार खुलता है और आप एक बच्चे के साथ बातचीत शुरू करते हैं जो आपके व बच्चे दोनों के लिए अपने आप में लाभप्रद है।

सृष्टि के साथ भी कुछ ऐसा ही है : एक बार सृष्टि जान जाती है कि आप इसके व इसकी भाषा (घटनाओं) के प्रति जाग्रत हैं, तो गुणवत्ता और मात्रा दोनों के स्तरों पर संवाद बढ़ जाता है। आपको प्रचुर मात्रा में मदद और सूचनाएं मिलनी शुरू होती हैं और सृष्टि की ओर से छोटी सी सहायता भी आपके जीवन में विराट महत्त्व रखती है।

इन संवादों को आप किस प्रकार स्वीकार कर सकते हैं? केवल

एक मुस्कराहट ही पर्याप्त है, सहमति में हिला सिर, भीतर से कहा गया एक "धन्यवाद" अथवा यदि आप अधिक दिखावटी हैं तो एक ललकार और एक चिल्लाहट। एक बार आपने स्वीकार्यता का अभ्यास साध लिया तो परिणाम मज़बूती से संतुष्टिदायक होंगे और सृष्टि के साथ इस अंतरंग संबंध के प्रति आपकी जागरूकता और अधिक बढ़ेगी। यह एक सुविधा है, एक आनंद है और एक महान अनुकंपा है।

रहस्य और मुस्कराहट

कभी भी ऐसा ना कहें कि "मैं नहीं कर सकता;" क्योंकि आप अनंत हैं। यहां तक कि समय और स्थान भी आपके स्वभाव की तुलना में कुछ नहीं हैं। आप कुछ भी और सब कुछ कर सकते हैं।

—स्वामी विवेकानंद

इस पुस्तक के अध्याय 1 में दिए एकल वक्तव्य - "ख़ुश रहिए" - का अर्थ है जब भी आपके पास विकल्प हों, तब प्रसन्न रहने का चयन करना। यह मनरहित प्रसन्नता नहीं है बल्कि मनपूर्ण प्रसन्नता है क्योंकि यह उस ज्ञान पर आधारित है कि जो भी होता है, आपको लाभ पहुंचाता है - और विशाल लाभ पहुंचाता है।

अधिकतर समय ऐसा होता है कि हम अपने जीवन में होने वाली किसी भी घटना विशेष या स्थिति के बारे में एक पल रुके बिना तत्काल उस पर प्रतिक्रिया व्यक्त कर देते हैं। चुनाव करने में समय तो लगता ही है। परिस्थिति पर प्रतिबिंबित करने के लिए, एक विराम लेने के लिए, प्रसन्न रहने के लक्ष्य को याद रखने के लिए, दूसरे विकल्पों को समझने के लिए, हर हाल में ख़ुश रहने का चुनाव करने के लिए और यह जानने के लिए कि आख़िरकार इसमें आपका ही भला होगा, एक सोद्देश्य और संकल्पित मानसिक प्रयास की ज़रूरत होती है।

सबसे कठिन समय तब आता है जब हालात दुखदायी होते हैं या हालात ने हमसे कुछ छीन लिया होता है या हम पर कोई भीषण संकट मंडरा रहा होता है। उस समय, ख़ुश रहने का चुनाव करना असंभव प्रतीत होता है, लेकिन कई लोगों ने इसे अच्छी तरह से सीखा है और वे आपको बताएंगे कि इसके जो परिणाम आते हैं वो किसी अनिवार्य प्रयास की भांति होते हैं।

आप इसे कर सकते हैं।

वे लोग जिन्होंने ख़ुश रहना ही चुना है, वे चेहरे पर छोटी सी मुस्कान ओढ़े चलते-फिरते नज़र आते हैं। यह इस बात का संकेत है कि उनके पास कोई राज़, कोई चिंतन-मनन है जो उन्हें ख़ुश बनाए रखता है। उनकी मुस्कराहट केवल मन में ही हो सकती है लेकिन यह होती ज़रूर है। इस बात से कोई फ़र्क़ नहीं पड़ता कि क्या हो रहा है, उस राज़ का ज्ञान उनके चेहरे पर छोटी सी मुस्कान बनाए रखता है। यह ऐसा ही है मानो आप कहीं बाहर गए हों और आपके सौ डॉलर गुम हो गए लेकिन आपको पता है कि आपके पास बैंक में कुछ मिलियन डॉलर जमा हैं। सौ डॉलर का नुक़सान, इस बात के आगे नगण्य है कि आपके पास अभी भी कई मिलियन डॉलर बचे हैं। यह नुक़सान आपकी प्रसन्नता को फीका नहीं करता। असल में, इस बात का अहसास मात्र होना कि इस नुक़सान से आपकी प्रसन्नता कम नहीं पड़ती और यह जानना कि आप इस तरह की चीज़ों से अतीत में परेशान रहे हैं, अपने आप में आपको ख़ुश रखने के लिए पर्याप्त है।

एक बार यह राज़ समझ में आ जाए तो आप स्वयं के जीवन में छोटी-छोटी चीज़ों का आनंद उठाता पाएंगे : आप एक चिड़िया की ही प्रशंसा नहीं करेंगे, सूर्यास्त, पेड़ों की पत्तियों से गुज़रने वाली बयार या किसी के सुंदर बालों की सराहना नहीं करेंगे। आप नहाने का पहले से अधिक आनंद ले पाएंगे, एक चहलक़दमी का, दोस्त से बातचीत

का या सहज ही बैठे रहने का आनंद उठाएंगे और सोचेंगे कि यह सृष्टि कितनी आश्चर्यजनक व अनूठी है। आप उन बातों पर ध्यान देना बंद कर देंगे जो आपकी प्रसन्नता के लिए हानिकारक हैं, दूरस्थ स्थानों की अप्रिय घटनाओं पर ध्यान नहीं देंगे जो आपको किसी भी संभव रूप में प्रभावित करती हों, ख़बरों के स्याह पहलू पर ध्यान नहीं देंगे और उन गौण चीज़ों पर ध्यान नहीं देंगे जो आपको मुश्किल में डालती रहीं लेकिन अब आपके रहस्य-ज्ञान के चलते वे आपका ध्यान नहीं खींच पाएंगी।

ये छिद्रान्वेषी चिंताएं कि कुछ भी ठीक नहीं है, कुछ बुरा होने वाला है, आप असफल होने वाले हैं, आप शायद ठीक, मज़बूत, चमकते हुए ना रह पाएं, ये सब पर्याप्त रूप से ओझल हो जाएंगी। जितने भी संशय हैं, उनका स्थान ये विश्वास ले लेगा कि :

अस्तित्व के अंग के तौर पर आपकी देखभाल हो रही है
मानो आप कोई बेशक़ीमती रत्न हैं, जो कि आप हैं भी।

बेशक, आप यहां सीखने के लिए हैं। बेशक, यहां सबक़ हैं। बेशक यहां पीड़ाएं और दिल दुखाने वाली बातें होंगी। बेशक, अपरिहार्य दुर्घटनाएं घटेंगी। लेकिन आप उन सबको एक नई निगाह से देखेंगे। पैर की अंगुली की चोट या गुम हुआ बटुआ अथवा खोई हुई नौकरी अब गुस्से और दर्द का और अधिक सबब नहीं बनेंगे क्योंकि आप जानते हैं कि आपकी देखभाल एक भलाई करने वाली और देखरेख करने वाली सृष्टि द्वारा की जा रही है। दुर्भाग्य के वेश में भी आप सत्य के हृदय को देखेंगे। ये घटनाएं केवल इसीलिए घटित होंगी ताकि आप को लाभ पहुंच सके और बड़े पैमाने पर लाभ पहुंच सके। तभी सच्ची प्रसन्नता आती है, एक आनंदपूर्ण ढंग की प्रसन्नता जो समय के साथ नष्ट नहीं होती बल्कि बढ़ती है एवं और अधिक संतुष्टिजनक होती है।

इस तरह एक बार आपको महान सार्वभौमिक सत्य का अहसास

होता है : मेरे साथ होने वाली हर चीज़ केवल इसलिए होती है ताकि मुझे अधिकतम मात्रा में लाभ मिल सके।

अस्तित्व का महान वचन

स्वयं को देखें। —शोइत्सु

इस छोटी सी किताब को पढ़ने के बाद आपके पास अब जो है, वह बौद्धिक ज्ञान है। जब तक आप इसका उपयोग नहीं करते, यह आपके लिए बहुत अधिक मूल्य का नहीं है। याद रहे कि ज़ेन के ढंग का अर्थ ही यही है कि किसी भी चीज़ या प्रत्येक चीज़ को एक विशेष एकाग्रता एवं मन की जागरूकता के साथ किया जाए।

सृष्टि के महान वचन की ओर ध्यान दें, मन को एकाग्र करें और अपने आप से कहें :

"मेरे साथ घटने वाली हर घटना इसलिए होती है ताकि मुझे अधिकतम मात्रा तक लाभ मिल सके।"

या संक्षेप में इसे ऐसे कहें :

"यह मेरे लाभ के लिए है।"

अपेक्षाओं एवं उत्साह के साथ स्वयं को आश्चर्यों के लिए पात्र बनाएं, *"इसमें से क्या अच्छा निकलकर सामने आएगा?"*

अस्तित्व के वचनों के आधार पर प्रकट होती घटनाओं से पेश आएं और स्वयं को एक ऐसे संसार में रहता हुआ पाएंगे जो अद्‌भुत रूप से, चमत्कारिक रूप से आपकी कल्पनाओं से कहीं बेहतर है और आप प्रचुर मात्रा के ख़ुशियों के लक्ष्य को हासिल कर लेंगे।

उससे शुरुआत मत कीजिए जो सबसे मुश्किल हो - नवजातों की मृत्यु, प्रियजनों को खोने की त्रासद क्षति, हिटलर या 9/11 की घटना आदि। किसी छोटी बात से शुरुआत कीजिए। जब आपको अंगुली पर चोट लग जाए तो कहें, "मेरी अंगुली पर चोट के लिए शुक्रिया। फिलहाल यह एक एक्युपंक्चर पाइंट है जिसे निकलने की ज़रूरत थी। अब मेरे पास और अधिक ऊर्जा होगी।" यदि आपका सिर कहीं टकरा जाए तो कहिए, "ओह, मेरा सिर टकरा गया! मुझे वर्तमान क्षण की ओर ध्यान देते हुए इस पल में ठहरना चाहिए। याद दिलाने के लिए धन्यवाद।" छोटी-छोटी चीज़ों पर अभ्यास करें और आप पाएंगे कि जो असंभव प्रतीत होता था बहुत जल्द ही वह अब बहुत आसान हो जाएगा।

मेरे साथ यह समय बिताने का धन्यवाद। मैं आपके अद्‍भुत प्रयास को स्वीकार करता हूं। प्रबुद्ध होने के मार्ग पर आपकी दृढ़ता व लगन के लिए मैं आपका सम्मान करता हूं। आपकी आत्मा की महानता और आपके योद्धा हृदय और आपके अस्तित्व के लिए आपकी खोज को लेकर मैं आपके सामने नतमस्तक हूं। आप महानता को प्राप्त करें, आपका जीवन लंबा और प्रसन्न हो, और आप प्रसन्नता के आकाश का इस तरह आरोहण करें मानो आप छह ड्रेगन के पंखों पर सवार हों!

आभार

मैं पब्लिशिंग कोचेस डॉट कॉम के नाइजल जे. योर्वेर्थ और पेट्रिशिया स्पाडरो के विशेष प्रयासों के प्रति बहुत आभारी हूं, जिन्होंने इस काम को साकार करने में सहायता की और इस पुस्तक को हर मोड़ पर मार्गदर्शन दिया। मैं सामग्री के विशेषज्ञ संगठन और प्रबुद्ध संपादन के लिए पेट्रिशिया का ऋणी हूं, जिससे इस कार्य की भावना को प्रोत्साहन मिला। मैं नाइजल का शुक्रिया अदा करता हूं जिन्होंने प्रकाशन के लिए एक शानदार टीम रखी और मेरे काम को उन्नत करने के लिए पुख़्ता प्रयास किए। मुझे एक लाजवाब वितरण व्यवस्था मिली और मेरे काम को विदेशी प्रकाशकों के सामने प्रस्तुत करने का अवसर मिला।

मैं रॉजर जेफ़वर्ट का भी उनकी बेहतरीन और बारीक इंटीरियर डिज़ाइन के लिए आभार व्यक्त करना चाहूंगा। कलात्मक सुंदर कवर के लिए नीता यबारा, मारथा लॉनर और कैथी लेंज का भी मैं उनके मीडिया संबंधी योगदान, धैर्य एवं ले-आउट, प्रोडक्शन में उनकी योग्यता को लेकर आभार मानता हूं।

लेखक के बारे में

क्रिस प्रेन्टिस कैलिफ़ोर्निया के मालिबु में पैसेजेस एडिक्शन क्योर सेंटर के सह-संस्थापक और सह-निदेशक एवं *द अल्कोहलिज़्म ऐंड एडिक्शन क्योर : अ होलिस्टिक अप्रोच टु टोटल रिकवरी* के लेखक हैं। उन्होंने चीनी दर्शन और व्यक्तिगत विकास पर एक दर्जन किताबें लिखी हैं। वे आई चिंग को लेकर अपनी व्याख्याओं के चलते दुनिया भर में जाने जाते हैं, जिससे इस प्राचीन, गूढ़ एवं समझने में कठिन विषय को समझना और लागू करना आसान हो जाता है। प्रेन्टिस ने दक्षिणी कैलिफ़ोर्निया में व्यक्तित्व विकास की कार्यशालाएं आयोजित की हैं और एक फ़ीचर फ़िल्म का लेखन, निर्देशन एवं निर्माण भी किया है। वे मालिबु में अपनी पत्नी, लिन के साथ रहते हैं।